AF495607

MISS EVA

Par Charles Deslys

PARIS

E. BERNARD, IMPRIMEUR-ÉDITEUR

29, Quai des Grands-Augustins, 29

SUCCURSALES

1, Rue de Médicis, 1 | Galeries de l'Odéon, 8-9-11

Miss Eva

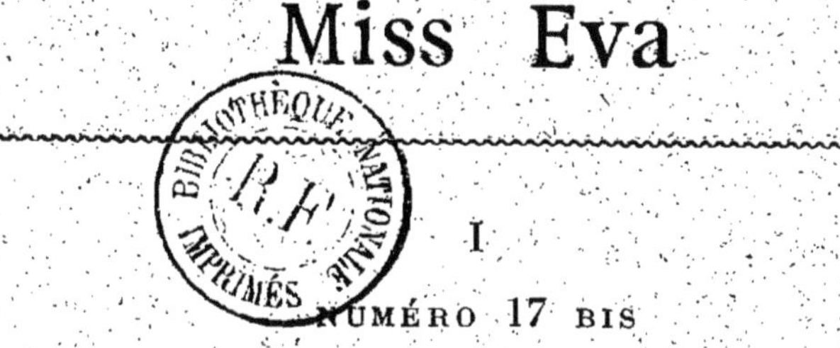

I

NUMÉRO 17 BIS

La rue des Tournelles, au Marais, est une des plus mélancoliques rues de ce quartier démodé qu'on surnomme à bon droit la Province de Paris.

Ce jour-là surtout, triste et froide journée de novembre, il y avait si peu d'animation dans les rares boutiques, tant d'humidité sur le pavé désert, tant de brume entre les vieilles maisons grisâtres, que, n'eussent été les quelques passants, silencieux comme des ombres, on se serait cru dans une ville morte. Bien qu'il ne fût pas encore trois heures du soir, il y faisait déjà presque nuit.

A l'angle du boulevard, un coupé de remise s'arrêta.

Une femme en descendit, enveloppée d'un de ces pardessus anglais qui ressemblent aux dominos des bals masqués. C'était un véritable masque que la voilette recouvrant ses traits.

Cependant, à travers cet épais réseau, on entrevit briller ses yeux, et, sitôt qu'elle parla, les dents : des yeux vifs et des dents éclatantes de blancheur. Quant à la taille, svelte et gracieuse, en dépit de tout elle révélait la jeunesse, et dans son premier printemps.

Déjà la main finement gantée de l'inconnue refermait la voiture, où quelqu'un restait sans doute emprisonné, car elle se hâta de lui dire :

— Non !... j'irai seule... Atttendez-moi... restez là... je vous en prie... je le veux !

Puis, la jeune fille, ayant échangé un regard avec le cocher, qui lui répondit affirmativement, se dirigea d'un pas rapide vers la rue des Tournelles.

Après une courte hésitation, ce fut de côté des numéros impairs que se fixa son examen.

Vers l'endroit présumé de la maison qu'elle cherchait, une tapissière des pompes funèbres barrait le chemin. Les ouvriers vêtus de noir détachaient une tenture de deuil, ainsi qu'il est d'usage après le départ du convoi.

— Dieu ! murmura-t-elle en frissonnant, est-ce que nous arrivons trop tard !

Et, tout anxieuse, elle pressa le pas.

La dernière draperie tombait, dévoilant ce numéro : 17 *bis*.

— C'est bien là ! se dit-elle à voix basse ; oh ! je n'ose plus maintenant...

Un écriteau venait aussi de reparaître au-dessus de la porte : *Appartement à louer*.

La jeune fille voilée pensa sans doute que c'était un prétexte à renseignements ; car, après avoir quelque peu réfléchi, elle s'avança brusquement vers la maison.

Dans une étroite cour, sur le seuil de la loge destinée au concierge, une femme entre deux âges tricotait, ou plutôt ravaudait un bas de laine. C'était évidemment la concierge.

— Madame, lui dit poliment l'inconnue, je désirerais voir l'appartement.

— Ce n'est pas là, qu'il est mort quelqu'un ?

— Non, c'est à côté. Probable que les enfants ne quitteront pas l'appartement. Pour le quart d'heure, ils sont en train de rendre les derniers devoirs à leur mère.

— Ah ! murmura l'inconnue, c'était une femme...

— Une dame, s'il vous plaît ! répartit la portière ; et l'on pourrait même ajouter : c'était une sainte ! Tout un chacun l'estimait... J'en suis encore tout ahurie... Pauvre madame Dumesnil !

A ce nom, la voilette s'agita, soulevée par une exclamation douloureuse.

— Est-ce que vous la connaissiez ?... questionna la concierge.

— Non... non... Madame, balbutia l'étrangère, qui dissimulait avec peine une vive émotion. Veuillez, je vous prie me montrer le chemin...

— Minute ! faut d'abord qu'une de nos mioches me relève de faction... Ohé !... Mélie ! Mélie !...

Une gamine au nez en trompette accourut et s'installa dans le fauteuil de la portière.

— Quand je pense, reprit celle-ci, qu'on en a trois, de ces affamées-là... que le pain renchérit tous les jours... et que M. Jules, leur père et mon époux, reste sans ouvrage depuis la Pentecôte. Ah ! malheur !

Et, tout en faisant passer devant elle la visiteuse, madame Jules reprit à la fois son ascension et ses doléances :

— Sans compter ma *plurésie !*... Deux mois sur le flanc !... Si j'en suis revenue, c'est bien grâce à la défunte... Elle me soigna, elle me veilla comme une sœur de charité... Parfois même, le soir, on la voyait tirer le cordon... elle ! une femme d'éducation, et qui sait ? peut-être de noblesse ; car, dans les commencements, sur quelques-unes de ses lettres, je me rappelle bien avoir lu : *Madame la baronne du Mesnil...* Dans tous les cas, elle avait connu des jours meilleurs... Mais pas d'orgueil !.., Et si généreuse !... Une créature du bon Dieu !... Elle habitait la maison depuis neuf ans... J'ai vu grandir, M. Georges, son fils, un brave et beau garçon. Quant à sa fille, mademoiselle Marthe...

— Ah ! fit l'étrangère, elle s'appelle Marthe...

— Sauf votre respect ! poursuivit la bavarde. Mais montez toujours, nous ne sommes ici qu'au second étage, et l'appartement est au troisième. Qu'est-ce que je vous disais donc ? Ah ! la demoiselle... elle est méritante comme sa mère... Et si jolie !... Mais pâlotte et frêle... Elle se fatigue, elle se tue dans son état de maîtresse de piano.

« N'y pas de bon sens ! Toujours courir le cachet !
Et l'on ne roule pas sur l'or à ce métier-là... C'est
comme le frère... un artiste aussi... un peintre... Il a
exposé... mais le tableau est revenu sans avoir trouvé
acquéreur !... Toutes les misères, quoi !... Nous y
voici... permettez que j'ouvre...

Mais c'était vers la porte voisine que se dirigeait
le regard de l'inconnue :

— Ah ! c'est ici ! murmura-t-elle.

La loquace commère tourna la clé dans la serrure
et bientôt, introduisant sa compagne dans le logis
vacant, elle se mit en devoir de lui en faire apprécier
les avantages.

— Ne faites pas attention à l'antichambre, Mademoiselle, on doit y remettre du papier neuf... Voici
la salle à manger... un peu sombre, mais il n'y paraît
plus quand la lampe est allumée... Un beau salon,
n'est-ce pas ? Deux fenêtres sur la rue...

La jeune fille ne répondait rien, et paraissait entendre à peine : sa pensée était ailleurs.

— Où va-t-on par là ?... questionna-t-elle en désignant une ouverture à l'autre extrémité du salon.

— Nulle part ! répliqua sa conductrice, car c'est
une issue condamnée par laquelle communiquent au
besoin les deux appartements. Nous l'avons rouverte
ce matin à propos de l'enterrement... il y avait tant
de monde... Mais le passage doit se refermer maintenant... Permettez, Mademoiselle...

— Non ! l'interrompit résolûment celle-ci, je suis
venue pour tout voir et pour tout savoir...

Elle avait franchi le seuil ; elle écarta d'anciennes
et lourdes tapisseries qui retombaient au delà.

— Y songez-vous ! se récria l'autre, mais c'est l'atelier de M. Georges...

L'inconnue se retourna vers elle et lui dit :

— Madame, vous m'avez tout à l'heure confié votre
gêne... Tenez ! voici qui vous permettra d'en sortir.

Elle offrait une bourse entre les mailles de laquelle brillait l'irrésistible métal.

Rendons hommage à Mme Jules, elle résista cependant, ou du moins elle en fit mine. Un concierge des quartiers modernes n'eût peut-être pas eu un pareil héroïsme. Mais que voulez-vous? Ceci se passe au Marais, où tout est d'un autre âge, même la vertu des concierges.

— Minute! dit-elle; et qui me prouve que ce n'est pas une mauvaise intention qui... Ecoutez donc! Ça se voit tous les soirs dans les drames de l'Ambigu!... Un traître qui s'introduit *incognito*, sous un déguisement, et qui séduit à force d'or...

Elle n'acheva pas; la jeune fille venait de relever tout à coup sa voilette, et s'approchant de la fenêtre où s'éteignait une dernière lueur crépusculaire, elle dit :

— Regardez-moi, Madame! Ai-je l'air d'un traître de mélodrame?

Mme Jules ne put retenir un cri de surprise et d'admiration. C'était une figure charmante, mais presque enfantine, qui se montrait ainsi. Treize ou quatorze ans tout au plus. La taille d'une jeune fille, le visage encore d'une fillette. Et dans l'expression, dans le regard, dans le sourire, quelque chose de si brave et de si loyal, que la concierge aussitôt s'écria:

— Ma foi!... tant pis, j'empoche! Il est impossible qu'avec des yeux pareils on n'agisse pas pour le bon motif!

Tout à coup, un coup de sonnette retentit.

— Chut! fit l'étrangère, un doigt sur ses lèvres.

Et, glissant sur la pointe du pied vers les rideaux séparateurs, elle disparut ainsi que Mme Jules dans l'autre appartement, s'arrangeant pour tout voir et tout entendre.

II

DE L'AUTRE COTÉ DU RIDEAU

Une vieille servante, celle des deux orphelins, venait de traverser l'atelier, y laissant la lampe qu'elle portait, afin de courir plus vite vers l'antichambre.

Rien qu'au tintement de la sonnette, elle avait reconnu son jeune maître, avertie qu'elle était déjà par le bruit d'une voiture s'arrêtant devant la maison. « Les voilà ! s'était-elle dit, les voilà qui reviennent du cimetière. »

Des pas approchèrent. La servante disait :

— Appuyez-vous aussi sur moi, notre demoiselle... Mais comme la voici défaillante et blême ! Jésus-Maria ! ne semblerait-il pas qu'elle va trépasser à son tour !

Un chevalet et son tableau masquaient encore à l'inconnue ces trois personnages. Le frère, avec l'expression de la plus vive tendresse, ajouta :

— Pauvre sœur !... Ah ! je le pressentais bien, que cette longue course et cet affreux spectacle épuiseraient tes forces !... Pourquoi t'ai-je permis d'aller là-bas...

Une voix de jeune fille, une voix navrée de douleur, répondit :

— Je l'ai voulu... je le voudrais encore ! Mais rappelle-toi donc, Georges, combien notre mère fut dévouée pour nous... comme elle nous aimait ! C'était mon devoir de la conduire jusqu'à sa dernière demeure... et le plus cruel, vois-tu, c'est de revenir ici sans elle, dans cet appartement tout plein de sa chère mémoire..., et de penser que nous ne l'y reverrons plus jamais... jamais !...

Elle fut interrompue par un sanglot et, probablement aussi, par une nouvelle défaillance.

— Marthe !... ma sœur !... s'écria Georges, qui vint
la déposer sur le divan.

Ils étaient visibles maintenant, sous la clarté même
de la lampe qui les éclairait tous les deux.

Georges Dumesnil n'avait pas vingt-cinq ans ;
c'était un beau jeune homme au visage sympathique
et franc, les cheveux bruns, les yeux noirs, l'air doux
et fier, une tête d'artiste.

Sa jeune sœur lui ressemblait, bien que presque
blonde ; mais elle était si frêle et si pâle, qu'on eût
dit une de ces idéales créatures qui, déjà détachées
de la terre, aspirent vaguement au ciel.

Rien de charmant, rien de touchant comme le
groupe en pleine lumière que formaient les deux
orphelins..., lui, des deux bras l'entourant... elle, la
tempe appuyée contre son épaule

Il y eut un silence, durant lequel on n'entendit plus
dans l'ombre que le bruit de la cuiller dans le verre
d'eau sucrée que préparait la servante.

— Merci, Françoise ! dit Marthe après y avoir rafraîchi ses lèvres ; et toi, Georges, ne t'inquiète pas...
Je serai, je suis raisonnable. Mais laisse-moi pleu-
rer ! laisse-moi me souvenir !

Malgré cette assurance, elle eut une crise nerveuse,
elle s'évanouit... Entre ses paupières closes, on
voyait encore ruisseler des larmes.

Françoise avait couru chercher un secours qui dut
se rencontrer sur le palier, car presqu'aussitôt elle
rentra suivie d'un jeune homme, qu'à sa tenue carac-
téristique on reconnaissait pour un médecin.

C'était effectivement le docteur Lambert, un des
amis de Georges Dumesnil.

— J'avais prévu la crise, dit-il, et calculé l'heure
où je pourrais être utile...

En même temps, il administrait un cordial et faisait respirer des sels à la jeune fille évanouie. Quelques légers tressaillements donnèrent bientôt l'espoir qu'elle allait reprendre connaissance.

— Que lui faudrait-il ensuite ? interrogea Françoise.

— Rien ce soir, répondit le jeune médecin, la douleur s'usera d'elle-même... Mais je dois t'en avertir, Georges, la santé de ta sœur est sérieusement compromise. Les fatigues de sa profession, ses longues veilles pendant la maladie de votre mère, l'épreuve morale qu'elle subit, des prédispositions fâcheuses, tout lui commande le repos, beaucoup de ménagements, et pour cet hiver, un climat plus doux... Pau, Hyères ou Nice...

— Prends garde ! fit Georges, elle pourrait t'entendre.

— Non... pas encore ! répliqua Lambert, mais il ne me déplairait pas qu'elle connût aussi la vérité. C'est elle surtout que cela regarde... Il y va de sa vie !

Le frère attira le médecin à l'écart, mais du côté précisément de la porte de communication, ce qui permit à l'inconnue, toujours aux écoutes derrière la tapisserie, d'entendre même ces mots que Georges disait à voix basse :

— Rien ne me coûterait pour la sauver, mais la maladie de notre mère et ses funérailles ont épuisé nos dernières ressources. J'étais en droit de compter sur mon tableau de l'exposition...

— Un tableau très réussi, fit Lambert, et très remarqué.

— Mais qui ne s'est pas vendu ! poursuivit l'artiste. Mes amis sont comme toi, riches seulement d'avenir. Où trouver l'argent du voyage, et surtout celui du séjour ! Penses-y donc ! La fin de l'automne et tout l'hiver !

— Ajoutons même le printemps ! répliqua le docteur. Bah ! tu travailleras au bord de la mer bleu ! Des pochades, des portraits ! Dès que ta sœur ira mieux, je lui permets de donner quelques leçons là-bas. Que faut-il pour vous mettre en route ? Deux ou trois billets de mille francs, pas davantage.

— Eh ! c'était le prix que j'espérais de ma *Jeanne d'Arc sous l'Arbre des Fées*...

— Les fées te revaudront cela plus tard. Pour le moment, cherche ailleurs. Voyons ! notre camarade Champrigaux a choisi la bonne carrière, qui est le commerce. Il gagne de l'argent et, j'en suis certain, il te prêterait de grand cœur...

— Je lui suis déjà redevable d'une somme assez importante, avoua Georges. Et puis il est absent. J'ignore même quand il reviendra... C'est comme une fatalité !...

— Ecris-lui, conseilla Lambert. Ta lettre le rejoindra. Ne s'était-il pas constitué l'homme d'affaires de madame Dumesnil ? Je crois même me souvenir qu'il avait en mains certaines valeurs... C'est votre héritage. Eh ! s'il le faut, vendez tout. Je te répète qu'il y a urgence... Marthe doit partir aujourd'hui plutôt que demain. Voilà ce qu'il faut faire savoir, et tout de suite, à l'ami Champrigaux...

En ce moment la jeune fille rouvrit les yeux.

— Ah ! ah ! reprit le médecin, ce nom-là vous réveille, ma mignonne ! Au fait, n'est-il pas votre fiancé ? Gardez-vous d'en rougir, mon enfant... bien au contraire !... et je vous félicite pour ma part, car c'est le plus honnête garçon que je connaisse...

Et comme un furtif sourire passait sur la lèvre de l'orpheline :

— A la bonne heure ! reprit-il. Quand on a vos vingt ans, Mademoiselle, il ne faut pas désespérer de l'avenir... Courage donc.., et prenez le bras que je vous offre pour regagner votre chambre... J'ordonne le lit, le sommeil... S'il ne venait pas assez vite, je vais en redescendant commander chez le pharmacien certaine potion qui sera prête dans vingt minutes... Françoise, vous m'avez entendu ?... A demain mes amis !...

Marthe était arrivée sur le seuil ; elle se retourna, toute blanche sous son vêtement de deuil au milieu du clair-obscur qui l'entourait, et, présentant le front au baiser de son frère, elle disparut après un geste d'adieu.

— Pauvre enfant !... murmura le docteur.

— Oh ! s'écria Georges, nous la sauverons ! Il le faut ! Le chaste rêve qu'elle a dans le cœur est un de ceux qui se réalisent facilement. Elle peut être heureuse, elle !

— Qu'est-ce à dire ! fit Lambert ; est-ce que tu serais amoureux d'une princesse ?

— A peu près, répondit l'artiste ; mais ce n'est pas le jour de te confier cet autre malheur.

— Allons donc ! conclut son ami ; lorsqu'on a pour soi la jeunesse et le talent, ce n'est jamais un malheur d'aimer. Accompagne-moi nous causerons... Ah ! je le veux !... Ne suis-je pas aussi ton médecin !.. De l'air et de l'épanchement, voici, quant à toi, mon ordonnance.

. . . .

Un instant plus tard l'atelier redevint désert.

Dans le salon de l'appartement voisin la concierge toujours immobile et muette, vit enfin l'inconnue ou plutôt son ombre, — car il faisait nuit maintenant, — se retourner vers elle et lui dire avec des larmes dans la voix :

— Madame, si vous me gardez fidèlement le secret, la somme contenue dans la bourse se doublera... Oubliez-moi, je me souviendrai... Adieu !

Et légère comme une apparition, elle s'éloigna sans bruit.

En moins de cinq minutes, elle atteignit l'angle du boulevard.

Le coupé de remise n'avait pas bougé.

Sur le siège, le cocher semblait endormi.

Mais dans l'intérieur de la voiture, plus personne.

Comme la jeune fille se retournait, étonnée, elle aperçut un homme de haute taille qui, jetant le cigare qu'il avait à la main, s'avança rapidement à sa rencontre.

— Eh bien ! questionna-t-il en arrivant.

Je sais tout, répondit-elle, il faut agir sans retard !

Et lui, avec l'accent et la gravité britanniques :

— A vos ordres, miss Eva... quels sont-ils !

III

UN AMATEUR D'OUTRE MER

Le lendemain, vers midi, Georges Dumesnil achevait sa lettre à l'ami Champrigaux.

Marthe, un peu plus vaillante, mais aussi pâle que la veille, parut sur le seuil de l'atelier, glissa sans bruit jusqu'au siège occupé par l'artiste, et se penchant tout à coup pour l'embrasser :

— Bonjour, frère, lui dit-elle.

— Ah ! c'est toi, petite sœur, répondit-il en la maintenant ainsi penchée vers lui. Voyons un peu, que je vous regarde. Hélas ! je te trouve encore bien fatiguée...

— Non, je me sens mieux...

Une toux qu'elle ne put retenir démentit ses paroles.

— Le froid de novembre t'aura saisie, murmura Georges. Encore du brouillard ce matin !... Il te faudrait le ciel clair, le soleil...

Et, tristement, ses yeux se dirigèrent vers la lettre commencée.

— Tiens ! fit Marthe, qui regardait par-dessus l'épaule de son frère, tu écris à Jacques...

— Je l'instruis de mon malheur balbutia-t-il avec un certain embarras, je lui demande un service...

— Oui... je sais... deux mille francs... pour que je passe l'hiver dans le Midi.

— Quoi !... Marthe tu as entendu...

— Non seulement ce qui s'est dit quant à ma santé, Georges... mais encore les quelques mots qui te sont échappés touchant ton amour...

— Ma sœur ! s'écria-t-il.

Elle l'interrompit :

— Ne voilà-t-il pas qu'il me gronde ! Mais il y a longtemps que je t'avais deviné, va ! Souviens-toi donc de ce jour où je te surpris répétant cette belle strophe de Victor Hugo :

Moi, pauvre ver de terre amoureux d'une étoile.

L'artiste, tout confus, baissait le front. Elle y mit un second baiser. Elle poursuivit avec un charmant sourire :

— Est-ce que je ne lui ai pas donné des leçons de piano... à l'étoile ? Elle espère en toi, j'en ai le pressentiment. Courage donc, et sache conquérir la renommée qui vaut la fortune.

— Une fortune ! s'écria-t-il, oui, ce serait la condition de mon bonheur ! Qui me la donnera jamais !

— Eh ! répondit-elle en désignant la toile posée sur le grand chevalet, les fées de Domrémy... les fées du bois Chenu... Tu les as si gracieusement représentées qu'elles te doivent une récompense.

A peine achevait-elle ces mots, qu'un coup de sonnette retentit au dehors.

On entendit dans l'antichambre le pas de Françoise ; elle ne tarda pas à paraître sur le seuil de l'atelier.

— C'est un étranger, annonça-t-elle ; voici sa carte...

— Faites entrer, dit-il après y avoir jeté les yeux. Puis, la repassant à sa sœur :

— Un nom qui m'est inconnu... John Howel.

Il entrait. C'était un homme de grande taille et de haute mine, qui paraissait avoir trente ans au plus. Sa tenue correcte, son visage aux traits accentués, ses longs favoris d'un fauve ardent, ses yeux bleus, tout attestait en lui la race anglo-saxonne. Il en était le type accompli.

— Excusez cette visite sans avoir été présenté, dit-il avec la froide politesse et l'accent britanniques. J'ai su votre adresse par ce catalogue de la dernière exposition... Monsieur Georges Dumesnil, n'est-ce pas ?

L'artiste s'inclina.

John Howel, désignant encore le livret qu'il tenait en main poursuivit :

— Si j'avais l'heureuse chance que le tableau portant ce titre : *Jeanne d'Arc sous l'Arbre des Fées*, se trouvât encore en votre possession, je demanderais à le voir...

— C'est un honneur pour moi, répondit Georges ; mais permettez cependant cette observation, Monsieur... Vous me semblez être Anglais...

— Je suis Américain, répondit-il, et petit-fils d'une Française... qui professe une sorte de culte pour votre héroïne nationale... Mon intention serait de lui offrir son image...

— La voici ! fit le peintre en s'effaçant pour démasquer le chevalet.

Un regard d'espérance alla de la sœur au frère, du frère à la sœur.

En passant près de celle-ci, John Howel salua comme il eut fait pour une reine.

— Oâh ! fit l'Américain, c'est un chef-d'œuvre !

Puis, se tournant vers l'artiste :

— Il est encore à vendre, n'est-ce pas ?... Combien ?

Georges hésita. C'était la première fois qu'il se trouvait à pareille fête.

— Je comptais, répondit-il enfin, je comptais en demander mille écus...

— Les voici, s'empressa de dire John Howel en ouvrant un portefeuille bourré de bank-notes. Ce tableau m'appartient. Avant ce soir, un emballeur en prendra livraison pour nous l'expédier en Amérique.

L'affaire ainsi conclue, on causa.

L'acquéreur sollicita l'autorisation d'examiner les esquisses accrochées çà et là. Ses éloges, parfois sa critique, attestèrent qu'il avait au moins le sentiment de l'art. En face d'un cadre occupant la place d'honneur, il fit une plus longue halte et parut admirer sans réserve.

— Ah ! vous faites aussi le portrait, Monsieur... J'en ai vu peu qui impressionnent comme celui-ci... Sans connaître le modèle, on sent la ressemblance. Ce devait être une femme de cœur... Sa pensée, son âme, se devinent sous ce front couronné de cheveux blancs !... Quelle bonté, quelle tristesse dans l'expression de ces traits qui commandent à la fois la sympathie et le respect !

— C'est notre mère ! dit Georges avec un accent d'orgueil où l'artiste avait moins part que le fils.

— Voilà deux jours que nous l'avons perdue !... ajouta Marthe, une main dans celle de son frère...

— Excusez-moi ! reprit John Howel, je regrette de quitter Paris... Vous auriez consenti peut-être à peindre mon portrait et celui d'une jeune personne qui m'est chère.

— Votre fille ? questionna Georges.

— Votre sœur ? interrogea Marthe.

— Ma pupille, répondit John. Nous partons demain pour Nice.

Les deux orphelins eurent un même mouvement de surprise.

Et comme le regard de l'étranger leur en demandait la cause :

— Les médecins, expliqua le frère, ordonnent à ma sœur un séjour de quelques mois dans le midi de la France.

— Plus d'obstacles, alors ! conclut sir Howel. Choisissez Nice... et si par hasard vous y doutiez de

APPARTEMENT
À LOUER

l'emploi de votre talent, cette appréhension n'existe
plus... Deux portraits vous sont assurés d'avance, au
même prix que le tableau... Chacun trois mille
francs... Est-ce convenu, monsieur Georges Dumesnil, et faut-il vous dire, non pas adieu, mais au revoir ?

— A bientôt ! répondit l'artiste en acceptant avec
cordialité la main qui de même lui était offerte.

Un instant plus tard, l'Américain avait repris sa
froideur quelque peu hautaine et s'éloignait après
un grave salut.

. . . .

— Eh bien ! dit Marthe, n'avais-je pas raison ? Ce
sont tes fées qui nous envoient là-bas... Moi, pour
m'y rétablir... et toi pour la retrouver, elle !

— Comment ?

— Oublies-tu donc que son père possède une des
plus belles villas de Nice, et qu'ils y passent l'hiver ?

IV

LE SINGE ET LE LION

Un mois s'est écoulé. Nous sommes à Nice, en
pleine et brillante saison.

Il faut la chatoyante palette de notre ami Théo-
dore de Banville pour dépeindre cet éternel printemps, ces féeries de lumière, cette mer et ce ciel
toujours bleus, ce pays tout vert avec ses palmiers,
ses orangers, ses jasmins et ses roses... Non ! mieux
vaut renvoyer le lecteur au livre du poète et conti-
nuer posaïquement notre récit.

Déjà le soleil, s'abaissant à l'horizon tout en feu,
projetait obliquement sur les flots comme des cascades de pierreries, lorsqu'un élégant cavalier par-

vint, non sans quelque résistance de sa fougueuse monture, à l'extrémité de cet admirable boulevard qui borde la grève et s'appelle la promenade des Anglais.

Au-delà des terrains bâtis, presque dans la campagne, on remarquait alors une somptueuse villa qu'un parc assez vaste entourait de ses beaux arbres.

Parmi les ornements qui surmontaient la grille ouvragée, damasquinée, ces deux mots se lisaient en lettres d'or : *Villa Montgiscard.*

Quel était ce Montgiscard ? Sans doute un des princes de la finance ; car il fallait être plusieurs fois millionnaire pour se permettre, en un pareil endroit, une demeure pareille.

Le cavalier semblait appartenir à l'aristocratie étrangère. Son teint, légèrement olivâtre, ses cheveux noirs et crépus, donnaient même à penser qu'il avait vu le jour non loin de l'équateur. Personne à Nice, ni de la ville ni de la colonie, qui ne le citât comme un des lions de la saison présente, et qui, si vous l'eussiez interrogé sur le compte de cet arrogant personnage, ne vous eût aussitôt répondu : C'est un riche et noble Brésilien, dom Lopez de Bayadas.

Au moment où il s'arrêtait devant la grille, la porte à côté s'ouvrit, livrant passage à un de ceux-là qu'on surnomme aujourd'hui les gommeux, qu'on appelait alors les petits crevés, les cocodès.

Sa toilette excentrique, son lorgnon, son jargon, ses traits flétris avant l'âge et ses manières burlesques en faisaient même un des plus complets échantillons de l'espèce.

Il était aussi très connu, très populaire et se faisait appeler le Vicomte de la Rocaille, mais son vrai nom était Isodore Vaudin.

— Ah ! ah ! fit le Brésilien, qui venait de froncer le sourcil en l'apercevant, vous me devancerez donc toujours...

— Toujours ! répliqua l'autre en brandissant son stick, mais pour le quart d'heure, sans avoir eu la veine de rencontrer mademoiselle Montgiscard, ni son auguste père... Ils sont en visite à Cannes, où, présumablement, ils passeront la soirée...

— Je ne vous ferai pas l'injure de contrôler cette assertion, dit Bayadas. Il me vient une idée : profitons de la rencontre pour causer un peu en marchant... Voulez-vous ?

— Ce m'est trop d'honneur, répondit Isidore.

Sur quoi dom Lopez, ayant appelé de la cravache un domestique qui l'escortait à cheval, mit pied à terre et rebroussa chemin.

Ils cheminèrent d'abord en silence. Puis Bayadas, après s'être convaincu que personne ne se trouvait à portée de l'entendre, abaissa vers son compagnon un dédaigneux regard et commença en ces termes :

— Senor Vaudin, je suis de la contrée des cœurs jaloux, et, personnellement lorsqu'un rival me gêne, je le tue.

Isidore éclata de rire..

— Dites donc, faut pas me la faire !... On a vu Brasseur dans le *Brésilien*... Vous lui ressemblez, parole d'honneur ! Mais ne roulez donc pas des yeux flamboyants... Éteignez votre gaz. Satan lui-même n'obtiendrait rien de moi par le trac...

— Et par l'intérêt ? insinua dom Lopez qui s'était radouci, vous savez que je suis riche...

— C'est du moins un bruit ayant cours, répliqua Vaudin, sans compter que déjà par trois fois, à Monaco, vous avez fait sauter la banque. Pristi !... quel beau joueur ! Et quel veinard !

— Eh bien, jouons cartes sur table ! proposa le Crésus de Rio-Janeiro. Vous êtes décavé, je le sais. Puisez dans ma bourse pour tenter la revanche.

— Pas si naïf ! Vous me tiendriez...

— Par la reconnaissance... et par le calcul des

probabilités... car enfin, raisonnons un peu, s'il vous plaît !

— Merci !,.. Pas de gêneurs !... On a déjà sa famille !...

— La vôtre, si mes renseignements sont exacts, ne vous a jamais entravé, mon cher Isidore...

— Ah çà ! mais vous avec donc une police à vos ordres, seigneur Bayadas ?

— Jugez-en seigneur Vaudin ! Votre père, de son vivant, spéculait sur les denrées coloniales... Un épicier ..

— En gros !... se récria le cocodès, ne débinons pas nos ancêtres.

Dom Lopez, sans relever l'interruption, poursuivit :

— Il s'était retiré dans un modeste domaine, dont vous avez pris le nom... Vaudin de la Rocaille... puis V. de la Rocaille, et finalement vicomte de la Rocaille... Il va sans dire que le patrimoine est depuis longtemps dévoré...

— Soit ! mais il me reste une tante et deux oncles...

— Sensiblement hypothéqués !... reprit l'impitoyable Brésilien. Là, voyons, franchement, ce n'est pas avec un titre et des espérances aussi problématiques que vous obtiendrez la fille de M. Montgiscard. Archi-millionnaire, il exigera que son gendre ait au moins un million... Vous n'avez aucune chance, et si j'étais un rival malveillant, mon pauvre Isidore, dès demain la belle Irène et son père vous enverraient...

— A Chaillot ! acheva Vaudin lui-même.

Et, tout penaud de se voir ainsi confessé, il baissa le nez... ce nez qui tout à l'heure encore se dressait effrontément vers les astres.

L'autre de son côté, devint pensif.

— Oh !... ce n'est pas à vous, murmura-t-il sourdement, que s'adressait ma menace...

— A qui donc ?... questionna son compagnon.

Il répondit, mais comme à sa propre pensée :

— Pour qu'une jeune fille aussi belle, aussi riche, aussi courtisée, montre si peu de coquetterie, il faut qu'elle ait autour du cœur le triple airain d'un cher souvenir ! Ce rival préféré, quel est-il ?... Je le cherche vainement... Ah ! quand nous l'aurons découvert malheur à lui... malheur !

Ce n'était plus de la forfanterie. L'accent, le regard, le cruel sourire du Brésilien, tout révélait une de ces jalousies féroces qui ne pardonnent pas, et qui, n'importe par quels moyens, se vengent.

Isidore, en frissonnant, s'écria :

— Alliance conclue !... me voici de moitié dans votre jeu... mais sauvons la mise !

— Chut ! fit dom Lopez, en désignant un groupe de promeneurs qui venaient à leur rencontre.

Mais dès qu'ils eurent passé :

— Eh ! reprit-il, que vous importe, à vous, qui ne convoitiez que la dot ! A votre âge, d'ailleurs, on n'aime pas !... Moi, j'approche de la quarantaine, et c'est ma dernière passion... Une passion des tropiques. Il faut qu'elle soit satisfaite. Il faut que cette ravissante créature m'appartienne...

— S'il vous plaît ?... interrompit Vaudin, dans cette chasse au favori, quels seraient mes avantages et mon rôle ?

— Vous secondez mes projets, mes entreprises... quand bien même elles vous paraîtraient audacieuses...

— En échange, je vous présenterai, monsieur le vicomte, je vous patronnerai dans la colonie américaine, qui veut bien m'accorder une certaine considération... J'y connais plus d'une riche héritière... Et, tenez, n'est-ce pas miss Eva Wilson qui nous arrive là-bas, conduisant elle-même son poney-chaise ?

— En effet ; mais vous n'y songez pas, Dom Lopez !... Une gamine...

— Qui va sur ses quinze ans. C'est l'âge où l'on

marie les jeunes filles dans l'amérique du Sud... La voici ! Saluons, vicomte...

Nos deux traqueurs de dot en furent pour leur salut. L'héritière allait si vite qu'elle passa sans les voir.

— Eh bien, fit dom Lopez, qu'en dites-vous ?

— Très chic ! répondit Isidore, et je poserai ma candidature... l'an prochain... si le tuteur y consent. On assure que c'est un ours.

— John Howel ! se récria le Brésilien, mais pas du tout ! Je vous le donne pour un parfait gentleman... Et jeune encore... guère plus de trente ans... Le voici qui passe à cheval, escortant miss Eva comme toujours... et de loin veillant sur elle...

— Ouais !... fit le pseudo-vicomte, c'est bien de la sollicitude... pour une pupille...

Et l'entretien continua sur le même sujet.

Quant au cavalier, dans lequel on vient de reconnaître l'acquéreur du tableau de Georges Dumesnil, il avait disparu.

V

FRÈRE ET SŒUR, TUTEUR ET TUTELLE

Marthe, élevée dans Paris, n'avait jamais dépassé les limites de la banlieue. Ce premier voyage fut pour elle un enchantement. Elle le supporta assez vaillamment, grâce à deux arrêts à Lyon et à Marseille.

Néanmoins, en arrivant à Nice, ses forces la trahirent. Il faisait d'ailleurs un peu de brume. Georges consigna sa sœur à l'hôtel, et mit à profit les deux jours de liberté qu'elle lui laissa pour chercher un logis. Son choix se fixa sur le quartier, sur la maison qui lui semblèrent les plus calmes.

C'était au fond d'un jardin. L'appartement se composait de deux petites chambres et d'une grande pièce, qui servirait tout à la fois de salle à manger, de salon et d'atelier.

L'hôtesse, femme d'un patron caboteur, se chargeait du ménage, et même au besoin de la cuisine. On s'installa dès le soir même.

Tous les jours Georges et Marthe sortaient vers midi ; ils allaient s'asseoir à l'abri du vent, dans un site pittoresque. Celle-ci lisait ou travaillait à quelque ouvrage d'aiguille ; celui-là n'avait-il pas sa palette et ses pinceaux ? Il rapportait chaque soir une étude, aujourd'hui des rochers ou des arbres, demain quelques types originaux qui s'étaient pour ainsi dire, photographiés sur sa toile au passage.

Georges sortait rarement le matin, préoccupé qu'il était déjà par l'esquisse d'une nouvelle composition : la *Cueillette des figues*. Le soir, il fallait que Marthe parût avoir sommeil, et même usât d'autorité pour que son frère se permît une courte excursion vers les rues à la mode, les quais du Paillon, la promenade des Anglais. Ce mouvement, ce bruit semblait peu le distraire. Il conservait un grave fond de tristesse, il était rêveur. Un jour enfin il rentra tout joyeux. Une flamme brillait dans son regard.

— Ah ! fit la sœur, tu l'as rencontrée, elle...

— Oui...

— T'as-t-elle aperçu ?...

— Je ne crois pas... c'était à la porte du théâtre... elle arrivait en calèche découverte... Autour d'elle, toutes sortes de gens empressés... un tourbillon, beaucoup de lumières... Moi, je m'étais rejeté dans l'ombre...

— Poltron ! faudra-t-il que je m'en mêle ?

— Eh ! comment...

— C'est bien simple... et ma santé me le permettra bientôt...

— Je ne te comprends pas, petite sœur !

— Assieds-toi là, frère... Prends une plume et écris...

— Quoi ?...

— Cette annonce pour les journaux de Nice : « Leçons de piano... *Mademoiselle Marthe Dumesnil.* » Ajoute l'adresse... Elle viendra...

D'autre part, John Howel était déjà venu, rappelant au jeune peintre sa promesse.

On prit jour pour la première séance, et le portrait fut ébauché.

Chaque matin, à l'heure dite, l'Américain se présentait, flegmatique et correct comme un gentleman, mais avec la bienveillante courtoisie d'un gentilhomme. Il semblait prendre plaisir à la conversation de l'artiste, à celle aussi de Marthe, quand par hasard elle survenait pour un instant. On eut dit qu'il les étudiait tous les deux. La reconnaissance de la sœur, le dévouement du frère, leur tendre et mutuel attachement inspiraient à sir Howel, en dépit de son apparente froideur, une vive et profonde estime.

— Je calcule, dit-il un jour, qu'il serait temps d'interrompre ce portrait pour commencer l'autre... vous savez... celui de ma pupille. Je suppose vous en avoir parlé... Elle serait heureuse, elle serait honorée de connaître mademoiselle Marthe ; et si j'obtiens l'autorisation de l'amener ici...

— Quand il vous plaira ! fit Georges.

Et sa sœur ajouta :

— Dès demain !

Ceux qui voyaient passer quotidiennement le grave Américain, ceux-là s'étonnèrent de l'allure inusitée de sa monture. Le cheval allait au grand trot, le cavalier sauta vivement à terre devant une grille voisine de la villa Montgiscard. C'est là qu'il habitait en compagnie de miss Eva.

Un négrillon vint prendre le pur sang.

— Ourika, lui demanda-t-il, votre maîtresse est-elle visible ?

— *Yes !* fut la réponse. Et la pantomime attesta que le retour de sir John était impatiemment attendu.

Il pénétra dans un délicieux boudoir où la gentille créole, paresseusement couchée sur un sopha, se leva tout aussitôt pour accourir à sa rencontre.

— Bonjour, miss !... Vous êtes fraîche, ce matin, comme une rose de la Louisiane...

— Et vous triomphant... comme un tuteur qui m'apporte de bonnes nouvelles.

— En effet.

— Parlez vite ! Avez-vous appris ce que je désire tant savoir ?

— Non, je n'ose pas... je ne sais pas... C'est vous... c'est vous-même qui aurez le plaisir des confidences.

— Mais puisque vous ne voulez pas encore me conduire chez eux.

— Nous irons demain matin.

— Que ne le disiez-vous tout de suite ! Ah ! le vilain tuteur ! Mais je crois qu'il ne m'a pas même embrassée ! Asseyez-vous là ! Racontez-moi votre victoire !

Un père, comblant les vœux de sa fille chérie, n'eût pas été plus heureux que ne l'était en ce moment sir John.

Le lecteur sait d'avance ce qu'il allait dire. Nous nous contenterons de lui apprendre que miss Eva fut enchantée du rapport de son émissaire et, mieux encore, touchée jusqu'aux larmes.

Un instant même elle demeura toute rêveuse. Puis, relevant soudain sa jolie tête de créole :

— Ainsi, demanda-t-elle, ils sont bons et charmants tous les deux ?..

— Oui

— Marthe et Georges, n'est-ce pas ?

Georges et Marthe Dumesnil... Oh ! leur identité n'est pas douteuse...

— Et la mère ?

— Ils professent pour sa mémoire une sorte de culte. C'était, disent-ils, une sainte !...

Il y eut un silence, après lequel la pupille murmura :

— Pauvre femme ! elle a dû bien souffrir !

— Et sans se plaindre ! ajouta le tuteur. Ses enfants me l'ont plusieurs fois répété...

— Eux, questionna-t-elle, se plaignent-ils ?

— Jamais ! répondit-il, et je les y poussais cependant ! Marthe est la résignation, la douceur même...

— Et lui !. .

— Ou je me trompe fort, ou c'est le plus brave cœur qu'il y ait sous le ciel !

— Après vous, Howel ! conclut miss Eva.

Et, pour le récompenser, elle lui tendit la main.

. . . .

Le lendemain, vers les dix heures, ils partirent ensemble.

Eva, par un sentiment de délicatesse qui lui faisait honneur, avait choisi le plus simple de ses costumes. Du gris et du violet, presque un demi-deuil.

On remarquait en elle un air de réserve et de gravité qui ne lui était guère habituel, même en la compagnie du son tuteur. Et pourtant jamais elle n'avait été plus attrayante.

En descendant de voiture, elle murmura :

— Je dois être pâle, hein ?

— Un peu, répondit-il en souriant.

Lorsqu'ils arrivèrent à la porte de l'atelier :

— Oh ! fit-elle à voix basse, comme mon cœur bat !

Et lui, sur le même ton :

— Courage !...

VI

EN AVANT QUATRE

Ce matin-là précisément, les deux jeunes artistes

étaient en belle humeur. Ils venaient de recevoir une lettre de Champrigaux, qui leur annonçait sa prochaine arrivée.

Champrigaux... vous savez... l'ami de Georges, le fiancé de Marthe.

Tout à coup, par la fenêtre, elle aperçut les deux visiteurs.

— Et moi qui suis encore en bonnet de nuit ! s'écria-t-elle, je me sauve.

Le peintre se trouvait donc seul dans l'atelier quand ils entrèrent.

A l'aspect de miss Eva, Georges ne put retenir un geste d'admiration... admiration d'artiste.

— Voici, dit le tuteur en montrant sa pupille, voici le modèle que vous allez avoir ce matin.

— Je n'en souhaiterais pas un plus gracieux, répliqua le peintre, si j'avais à représenter le Printemps.

Et, comme un homme du meilleur monde, il salua.

Miss Eva, toute troublée, le regardait avec une étrange émotion.

Tandis qu'il se détournait pour changer la toile du chevalet, elle dit tout bas à sir Howel :

— Oh ! comme il lui ressemble !

— Chut ! murmura John. Du calme...

Puis, à voix haute :

— Permettez ! permettez que miss Wilson jette un regard sur mon portrait. Elle nous en donnera son avis...

La jeune Américaine ne tarda pas à le formuler en ces termes :

— Bien ! c'est très bien déjà... Mais un peu vieilli, ce me semble, et trop magistral... Est-ce qu'il a l'air aussi magistral que cela, mon tuteur !

Et tour à tour, avec son gentil minois qui conservait encore l'espièglerie de l'adolescence, elle regardait et l'original et la copie.

— On tiendra compte de la critique, répondit en souriant l'artiste, ceci n'est encore qu'une ébauche...

Marthe entra.

John Howel présenta l'une à l'autre les deux jeunes filles.

— Mademoiselle, dit l'Américaine, on m'a beaucoup parlé de vous... Je sais combien vous êtes aimable et bonne. Moi, je ne suis qu'une enfant gâtée, qui fait d'avance appel à votre indulgence...

— En place !... interrompit sir John, en indiquant à sa pupille le fauteuil et la pose qu'elle devait prendre.

Il va sans dire que, sous ce dernier rapport, Georges donna son conseil.

Lorsque tout fut arrêté, lorsque le peintre eut saisi son crayon pour l'esquisse :

— Je dois vous prévenir, Monsieur, reprit miss Wilson, que je ne suis pas patiente, et désirerais ne poser guère plus d'une demi-heure à la fois, et par exemple, tous les deux jours.

S'il faut plusieurs mois, toute la saison, eh bien ! tant mieux ! nous aurons le loisir de nous connaître, mademoiselle Marthe, et peut-être de nous aimer un peu... Pour ma part, je m'y sens toute disposée... Ça commence !

Elle venait de lui tendre la main ; elle la regardait avec un sourire attractif, irrésistible.

— Hum ! hum ! voici déjà que vous quittez l'attitude convenue ! se récria le tuteur, jugeant sans doute que sa pupille allait trop vite.

Celle-ci s'empressa de reprendre position, mais changeant aussitôt le cours de l'entretien :

— Pardon ! dit-elle, et ne craignez pas de m'avertir si je retombais en faute. Je veux que le modèle ait aussi sa part de succès, quand nous enverrons le tableau là-bas, en Amérique.

— A votre mère ? questionna Marthe.

— Je l'ai perdue, répondit Eva, étant toute petite encore, et c'est à peine si je puis me rappeler ses traits... Vous êtes plus heureuse, Mademoiselle, car il vous reste au moins l'image de la vôtre.

Elle avait désigné le portrait de madame Dumesnil ; elle ajouta d'une voix sensiblement altérée :

— Et ses cheveux blancs attestent qu'elle ne vous a pas quittée si tôt !...

Une larme coula sur la joue de Marthe ; Georges eut dans la gorge comme un sanglot.

— Je ravive votre douleur !... Excusez-moi ! dit la jeune Américaine, qui bientôt ajouta, avec une certaine hésitation :

— Puisque cette toile n'a pas son pendant... c'est que vous avez encore votre père...

A ce mot, Georges fronça le sourcil. Sa sœur, le calmant du geste, s'empressa de répondre :

— Je ne l'ai pas connu... mon frère n'en pas gardé souvenir.

— Ah ! fit Eva, voilà donc longtemps qu'il est mort ?

— Oui, très longtemps, articula la peintre d'un ton brusque.

Et, fiévreusement, il se remit au travail.

Il y eut un nouveau silence, et ce fut encore la pupille de John Howel qui l'interrompit par ce *speech* :

— Je songeais, mademoiselle Marthe, à la similitude de nos destinées. Ainsi que vous, je suis orpheline, et mon second deuil est encore récent. Dix-huit mois à peine se sont écoulés depuis le dernier adieu de celui que je pleure. Il était si bon pour moi !... Il m'élevait... en garçon, mais pour être toujours ensemble. Ajoutez à cela l'initiative qui résulte d'une éducation américaine, et vous comprendrez ma franchise, mon aplomb, mon audace. La ressemblance se retrouve encore dans le dévouement de votre frère et de mon tuteur. Ah ! c'est un frère aussi !... John Howel !

Elle était adorable en parlant ainsi ; mais c'était surtout dans le geste, dans le regard et le sourire, qu'il y avait de l'originalité, qu'il y avait de l'esprit et du cœur. Un bijou !

Le tuteur, en s'inclinant, avait répondu :

— J'accepte ce titre de frère, miss Eva, mais à la condition d'expliquer que je fus recueilli, tout jeune encore, dans la maison où vous veniez de naître.

« Vous souvient-il du grand Terre-Neuve qui vous gardait alors... et que parfois vous lutiniez sans le fâcher jamais ? Je me suis modelé sur lui... Plus tard, une association généreuse me permit de conquérir la fortune et de m'élever jusqu'à mon bienfaiteur. Il me confia sa fille en mourant. C'est mon devoir de veiller sur elle et de lui consacrer ma vie !

Certes, l'émotion du gentleman était sincère et profonde ; si profonde même que rien ne la trahissait à la surface. Un léger tremblement dans la voix. Voilà tout.

Sa pupille le regardait avec une expression singulière, dans laquelle il y avait à la fois de l'attendrissement, du respect, et comme une point de perspicacité malicieuse. Elle lui répondit :

— Très exact et très honorable pour vous, mon cher tuteur !... Lorsque j'aurai l'âge où les pupilles entrent en possession de leur liberté tout entière, on verra que je ne suis point une ingrate !

Puis, sur un autre ton :

— Tiens, s'écria-t-elle, un piano !... Vous êtes musicienne, mademoiselle Marthe ?

— Musicienne de profession, répondit celle-ci. Quand ma santé me le permettra, j'espère bien reprendre des élèves.

— Je m'inscris d'avance afin d'être la première en date ! s'empressa de dire miss Eva. Mais ce sera charmant ! Les lendemains de peinture, musique... et vous viendrez chez moi... Nous nous reverrons tous les jours !

— La première séance est levée ! déclara John Howel.

Miss Eva, tout en s'attifant pour le départ, prit

congé des deux artistes avec cette grâce un peu cavalière qui lui prêtait un charme de plus.

— Si nous nous serrions la main, dit-elle, monsieur Georges... à l'anglaise ? Et nous, Marthe, si nous nous embrassions comme deux vieilles amies ?... Je suis déjà la vôtre et de toute mon cœur.

Ces adieux s'exécutèrent de point en point. On se sépara littéralement enchantés les uns des autres, et non sans s'être dit au revoir.

. . . .

— C'est étrange ! murmura Marthe lorsqu'elle se retrouva seule avec son frère, aucune de mes compagnes, aucune de mes élèves ne m'a jamais inspiré pareille sympathie. Quelle séduisante créature !

— Pas mal excentrique !... opina Georges, et très étourdie... Mais, au demeurant, ravissante !... Un de ces types qui ne s'oublient pas.

. . . .

Chez l'autre couple, même impression favorable.

— Eh bien ! avait demandé le tuteur, qu'en pensez-vous ?

— Cent fois plus de bien que vous n'en aviez dit !... répliqua la pupille. Oh ! je les aime !

— De sorte que vous êtes contente de moi !

— Un bon point de plus pour sir Howel !

Et pendant le reste du jour son cœur fut en joie. Le soir, on recevait. Chacun s'extasia de la gentillesse et des réparties de miss Eva. Il ne fallait pas s'y frotter. Dom Lopez de Bayadas et son digne acolyte Isidore, vicomte de la Rocaille, qu'il présenta, l'apprirent à leurs dépens. Elle les avait devinés.

— C'est un oiseau moqueur ! murmurait en se retirant le Brésilien, c'est une gazelle !

— Dites plutôt une panthère ! se récria le cocodès. Et quelles griffes !

. . . .

Après le départ des invités :

— Mais je ne suis donc plus une enfant, dit Eva,

puisque voici des coureurs de dot qui me font l'honneur de songer à la mienne ?

— Dame ! répliqua le tuteur, vous aurez bientôt quinze ans... C'est l'âge où les fillettes créoles voient se déclarer les prétendants...

— Sans compter ceux qui ne parlent pas ! murmura la pupille.

Puis, comme John Howel allait passer chez lui :

— A propos, quel spectacle demain ?

— On nous donne, je crois, le *Barbier de Séville*.

— Tant mieux !... Nous irons... Bonsoir, Bartholo !...

— Bonne nuit... Rosine !

VII

LE ROMAN DE MARTHE

Il ne fallut pas grand temps à miss Eva pour inspirer aux orphelins une confiance... une véritable amitié.

Dès la seconde séance elle avait obtenu que Marthe viendrait, tous les deux matins, lui donner une leçon de musique.

Bien que l'élève se montrât d'une certaine habileté, ses fautes, ou plutôt ses oublis, se renouvelaient souvent. La maîtresse s'en étonna. « Vous me semblez pourtant assez bonne musicienne, miss » ! Elle avait réponse à tout :

— J'ai le jeu comme le caractère... très inégal ! depuis trois mois que nous avons quitté l'Amérique, je n'avais pas ouvert un piano !... Ignorez-vous que les créoles sont très nonchalantes ?... on causait plus qu'on ne jouait.

Toutes sortes de demandes plus ou moins indiscrètes se pressaient sur les lèvres vermeilles d'Eva.

« Ne vous fâchez pas, Marthe, les enfants sont quèstionneurs, et je suis une enfant... Il y a d'ailleurs la fatalité de mon nom... Eve... c'est-à-dire curieuse ! Enfin, je voudrais tant vous savoir heureux, vous et votre frère... Il est triste... Pourquoi ?

L'orpheline voulut alléguer la mort récente de leur mère.

— Oui... c'est une cruelle épreuve... et je la connais ! interrompit avec émotion la jeune Américaine, sur le riant visage de laquelle une ombre de deuil avait passé. Mais votre frère me semble avoir un autre chagrin... comme une douloureuse appréhension de l'avenir.

— Ah ! murmura la sœur, c'est qu'il n'a pas rencontré comme moi, chez un de ses pareils, à la portée de la main, la certitude d'un bonheur modeste et facile...

— Quoi !... s'écria vivement Eva, telle serait votre assurance !... Alors, puisque vous ne parlez pas de lui, parlez de vous ... Dites-moi votre roman !...

— Il est bien simple, répondit Marthe, et peut se raconter sans en rien taire, même à des enfants comme vous, Eva. Ecoutez donc... si cela peut vous être un plaisir que je me souvienne.

— Oui... oui...

— Je vous en préviens, miss, il me faudra remonter un peu haut... Il me faudra parfois évoquer l'ombre de celle qui n'est plus...

Notre mère était restée seule et sans grandes ressources pour élever ses deux enfants. J'appréciai plus tard les sacrifices qu'elle s'imposait pour entretenir mon frère au collège. C'est-là qu'il rencontra Jacques.

Jacques, vous l'avez déjà deviné, c'est lui.

Plus âgé que mon frère de quatre ou cinq ans, il s'était fait son protecteur, il l'avait comme adopté. Un dimanche, Georges nous l'amena Tout de suite il me plut... non par sa beauté, Jacques n'est pas beau... mais il a l'air si loyal et si bon !

D'ailleurs, je n'étais encore qu'une bambine, et sa barbe naissante lui donnait une sorte d'autorité. Presque un monsieur.

Il n'avait plus de parents ; il était pauvre et payait sa pension par ses succès A chaque concours, c'était lui qui remportait tous les prix. On mettait cela dans les journaux pour attirer des élèves. Une enseigne !

Notre accueil l'encourageant, il se trouva dès le premier jour à son aise. On l'avait invité à dîner ; je me rappelle bien qu'en prenant place à notre table, il s'écria : Ah ! que c'est bon de se sentir en famille !

Pauvre garçon !... toujours le réfectoire ou le restaurant !... Jamais un mot venu de cœur, une caresse !...

Il revint le dimanche suivant avec Georges, ce fut une habitude prise. Il s'ingéniait pour nous témoigner sa reconnaisance. Comme il était en rhétorique et très fort, il obtint la faveur de donner les répétitions aux plus ignorants de ses camarades et réalisa de la sorte quelques bénéfices. Ce fut le budget de nos jours de congé, il nous menait à la campagne pendant la belle saison ; l'hiver, au concert, au spectacle. Mes premières distractions, mes premiers plaisirs, je les lui dois. En même temps, sa franche et joyeuse humeur égayait notre maison. Il est si gai, Jacques !

L'année suivante Champrigaux, — il se nomme aussi Champrigaux, — remporta le prix de philosophie, le prix d'honneur. Les plus brillantes carrières s'ouvraient à son ambition ; il pouvait devenir avocat, médecin, entrer à l'Ecole normale, dans un ministère... Non ! il préféra le commerce avec un ferme vouloir de s'y créer promptement une position indépendante et qui lui permît de se marier par affection sans souci de l'intérêt. « Je veux gagner pour deux, disait-il ; c'est là mon rêve ! »

Vous comprenez, miss Eva, qu'avec son éducation, ses aptitudes, il devait réussir. Quelques années plus tard, on le citait comme un négociant les mieux entendus, des plus estimés. Aussi notre mère lui confiait-elle sa petite fortune. Jacques était notre intendant, et je crois qu'il le sera toujours.

Son dévouement éclata surtout lorsque se manifestèrent les symptômes avant-coureurs de l'inexorable maladie à laquelle notre mère devait succomber. Les plus célèbres docteurs, il les amena près d'elle. Contraint de s'éloigner, et pour une plus longue absence que de coutume, il voulut lui laiser une grande consolation morale. La veille du départ, comme elle me regardait avec une vague inquiétude, il lui dit :

— Je devine ce qui vous tourmente, maman Dumesnil... Vous vous demandez : « Que deviendrait-elle ? » Eh bien, j'y songe depuis le jour où vous m'avez accueilli comme un fils... ce qui me permettait de la considérer comme une sœur... en attendant mieux. Que lui faudrait-il ? Voyons... un mari... Est-ce que vous ne lisez pas toutes les deux dans mon cœur ? »

Miss Eva, comprenez-vous ma surprise, mon émotion ? J'avais baissé les yeux, mais je le voyais cependant. Il s'était tourné vers moi, c'était à moi qu'il s'adressait quand il poursuivit :

— Voulez-vous donner à notre chère malade une assurance qui la guérira ?... Marthe, je vous offre la main... mettez-y la vôtre, et ce sera comme un contrat devant notaire...

— Jacques... Oh ! Jacques, pardonne-moi d'avoir dit tout à l'heure que tu n'étais pas beau... tu me parus alors sublime !... Car je le regardais aussi maintenant, et ce fut avec confiance, avec orgueil, avec bonheur que je plaçai ma main dans la sienne.

Puis, tous deux agenouillés devant ma mère, elle nous bénit, heureuse et souriante.

— Oh ! maintenant, je puis mourir, dit-elle.

— Voulez-vous bien vous taire ! se récria-t-il, j'espère que vous danserez à la noce... Et toi, Marthe, apprends enfin mon secret... Il y a longtemps, va !

que je t'aime... et que je travaille, et que je vis dans
l'espoir que tu seras ma femme !

Ma mère pleurait en silence. Elle rapprocha nos
deux têtes, et je sentis sur ma joue le baiser de mon
fiancé.

Depuis lors, je ne l'ai pas revu. Nous nous écrivons.
Il se considère comme à moi, je me regarde comme
à lui.

Ne demandiez-vous pas mon roman, miss Eva ?...
le voilà !...

Au lit de mort, le dernier mot que notre mère a
prononcé, c'est le nom de Jacques.

Elle lui confiait ses enfants...

Georges aussi bien que Marthe...

. . . .

Rien d'intéressant, rien de touchant comme Marthe
faisant ce simple récit.

Vers la fin, le vif coloris de la jeunesse avait ranimé
sa pâleur, ses yeux étaient redevenus brillants, le
sourire de l'amour avait produit dans tout son être
une sorte de transfiguration, Eva s'était dit en la regardant : « Heureuse et guérie, comme elle serait
belle ! »

Mais la porte s'ouvrit, livrant passage à John
Howel.

— Excusez-moi ! dit-il gravement à sa pupille, je
ne m'arrête que pour un simple avertissement... Une
de nos voisines, celle que vous savez bien, se présentera tout à l'heure pour une quête de charité. Faut-il
défendre votre porte ?

— Jamais quand il s'agit de ces visites-là ! répondit
la jeune Américaine.

E lorsque son tuteur eut disparu, congédié par un
geste amical, tout en embrassant sa jeune compagne,
elle lui dit :

— Et maintenant que je sais votre roman, dites-
moi celui de Georges...

VIII

CELUI DE GEORGES

Marthe s'était d'abord refusée à toute révélation touchant les amours de son frère.

— Ceci n'est plus mon secret ! disait-elle.

Mais Eva, qui n'était cependant qu'une ingénue, possédait d'instinct l'art d'être irrésistible. Elle insista tant et si gentiment que la sœur de Georges finit par céder, bien que sous condition de ne pas nommer l'héroïne du roman.

Ce fut ainsi qu'elle s'exprima :

. . . .

« Vous savez que Jacques est dans le commerce. Trop pauvre pour négocier à son compte, il a naturellement un patron. Ce patron, très riche et veuf, est le père d'une ravissante jeune fille qu'il adore. Elle désirait se perfectionner comme musicienne. Champrigaux me présenta. Je devins la maîtresse et bientôt l'amie de Irène.

Ah !... je l'ai nommée... Mais seulement par son nom de baptême... C'est celui de famille que je dois taire. Et d'ailleurs, à quoi cela vous servirait-il de le connaître ! »

Un étrange sourire passa sur le visage expressif de miss Eva. Marthe, sans remarquer cette muette protestation, continua :

. . . .

« Irène... puisqu'Irène il y a... est la personne la plus accomplie que je connaisse. Tous les dons en partage. Et le cœur, chez elle, vaut l'enveloppe. On dirait qu'elle veut se faire pardonner sa beauté, son nom de reine et sa fortune. Un jour, à la suite de plusieurs leçons que ma santé ne m'avait pas permis d'aller lui donner, je la vis arriver chez nous, tout inquiète... Son père lui laisse une certaine liberté ; une gouvernante l'accompagne.

Notre pauvre mère fut enchantée de cette visite. Elle parla de son fils, qui se trouvait absent. Irène voulut voir les tableaux, l'atelier.

Georges survint fut ébloui, charmé. « Ah ? s'écriat-il avec un franc enthousiasme, s'il m'était permis de fixer sur la toile cette gracieuse apparition, je n'aurais qu'à copier la nature pour faire après elle un chef-d'œuvre ! »

Et dès que mon élève se fut éloignée, tout de suite il prit un fusain pour esquisser ses traits de mémoire.

Jugez de sa joie lorsque le lendemain Jacques arriva, chargé de lui dire qu'on le prenait au mot ! Je crois entendre son discours :

— Prépare ta palette ! La fille de mon nabab te nomme le peintre de sa beauté ! Elle médite une surprise à monsieur son père, dont la fête approche... Piquons-nous d'honneur ! Il s'agit de leur fournir du numéro un !

Excusez miss Eva... c'est ainsi que s'exprime mon futur mari.

Je vous laisse à penser avec quel soin, avec quel amour s'exécuta l'œuvre. Je ne pouvais assister aux séances, mais notre mère y manquait rarement. Elle me racontait leurs entretiens, les marques de sympathie qui s'échangeaient entre eux. Pauvre Georges ! nous aurions dû lire dans son cœur, prévoir ce qui devait arriver !

Le nabab avait pris Georges en affection... l'invitait souvent chez lui. Mais sitôt le dernier coup de pinceau, mon frère cessa toutes relations.

Depuis un temps, nous remarquions, ma mère et moi, qu'il n'était plus le même. Il avait comme des fièvres de joie, puis de tristesse.

Un jour le père d'Irène l'envoya chercher sous prétexte d'une acquisition de tableaux ; il voulut lui adresser des reproches :

— Mais pourquoi donc ne venez-vous plus nous revoir ?

— Monsieur, répondit Georges, je suis pauvre... et j'aime votre fille !

Un vif et sincère déplaisir se peignit sur les traits du millionnaire. Plus touché peut-être qu'il n'eût voulu le paraître, mais sans dire un mot, il serra la main de l'artiste.

— C'est un adieu ! pensa mon frère, qui revint chez nous désespéré.

Je saisis cette occasion de lui arracher son secret. Une sœur, c'est la confidente et la consolatrice par excellence. Ce qu'elle ne peut comprendre, elle le devine. N'a-t-elle pas le cœur d'une femme ?

Secondée par Jacques, j'obtins que Georges se remît au travail.

Son tableau, la *Jeanne d'Arc*, achetée plus tard par si John Howel, avait eu, bien que sans y trouver acquéreur, un succès très réel à l'exposition de ce printemps. Plusieurs journaux en parlèrent avec éloges, et ce bruit d'une renommée naissante arriva jusqu'aux oreilles du nabab. Nous le vîmes apparaître un jour sur le seuil de l'atelier.

— J'ai tenu, dit-il, à vous adresser mes félicitations... Champrigaux m'asssure qu'il y a là-bas des tableaux guère plus méritants que le vôtre et qui se vendent jusqu'à cent mille francs... Tâchez donc d'atteindre à ces prix-là.., Ça nous ferait plaisir.

— Vous êtes un artiste de talent, monsieur Georges... et ce que j'apprécie mieux encore, un honnête homme... Au revoir !

Quelques jours plus tard se déclara la terrible maladie à laquelle devait succomber notre mère. Tout le reste fut oublié.

Je croyais même que mademoiselle Irène et son père s'en étaient retournés dans le midi de la France, où ils habitent, quand le jour des funérailles, à l'église, je vis une femme tout en noir vêtue, mais d'une tournure élégante et jeune, s'avancer vers nous. Un instant elle souleva son voile... C'était elle!... Sa main serra la mienne, puis celle de Georges... et le mot qu'avait dit son père, elle le répéta : Courage!

Oh! oui... oui... je lis dans vos yeux, miss Eva... Vous estimez que tout n'est pas encore perdu, peut-être, et que nous devons conserver une vague espé-rance... Hélas! il ne faut pas se faire illusion... C'est surtout à Nice qu'il est possible d'apprécier, dans toute son étendue, la montagne d'or qui sépare Georges de celle qu'il aime! »

. . . .

— Mais elle est donc ici! s'écria miss Eva.

Marthe, évitant de répondre, conclut en ces termes :

— Et d'ailleurs, avant d'avoir conquis la renommée, la fortune, il déclinerait un bonheur humiliant pour sa fierté.

En ce moment, Ourika la mulâtresse se montra, précédant la quêteuse dont elle apportait la carte.

— Ah!... fit sa jeune maîtresse en y jetant les yeux, ah!... c'est mademoiselle Montgiscard!...

A ce nom, Marthe se redressa soudainement, trop surprise et trop émue pour retenir un cri.

— C'est elle! dit l'Américaine avec une triom-phante malice. Eh bien! oui, c'est elle; pensez-vous donc que je ne l'avais pas deviné?

Déjà la sœur de Georges balbutiait une dénégation, mais ce fut en vain. Irène elle-même venait, en en-trant, de l'apercevoir, et toute joyeuse, elle accourait à sa rencontre.

— Marthe! Mais c'est Marthe! Ah! que je suis heureuse de vous revoir! Embrassez-moi donc! Comme la voilà pâle... et quelle bonne bonne inspi-ration d'être venue à Nice!... C'est pour y passer l'hiver, n'est-ce pas? Mais parlez-moi de vous! Par-lez-moi de Georges!

— Hum! hum! fit Eva pour rappeler qu'elle était là.

Il y eut un moment de silence pendant lequel les

trois jeunes filles se regardèrent avec des impressions diverses. Celle-ci souriait, Marthe restait toute honteuse, Irène avait rougi.

C'était réellement une merveilleuse créature, grande et svelte, avec des formes accomplies. La taille et les traits de la Diane antique ; le teint de Vénus et sa chevelure blonde. Mais des yeux noirs, ce qui complétait son originalité physique. Quant au moral, bien qu'elle eût l'exquise habitude du monde, et qu'on l'y saluât comme une reine, il y avait en elle un parfum de simplicité, de candeur et de droiture qui n'était pas le moindre de ses attraits.

— Voici mon offrande aux pauvres... lui dit Eva. Je ne serai pas jalouse de l'amitié de Marthe, mais j'en réclame aussi ma part... Ne l'oublions pas, voisine !

Mademoiselle Montgiscard répondit par un remerciement gracieux, par une aimable promesse. Puis, renouant avec la sœur de Georges l'entretien interrompu :

— Quoi ! fit-elle, vous étiez ici depuis quinze jours, et je ne le savais pas !... Il est vrai, que, partis de Cannes, nous avons remonté jusqu'à Paris... Je ne suis de retour que depuis hier. . A demain !... N'est-ce pas, Marthe ? Et nos meilleurs souvenirs à votre frère !

Il était manifeste que Georges ne l'avait jamais effarouchée par trop d'amour ; elle ne songeait nullement à cacher la tendre affection qu'elle ressentait pour lui. Peut-être ne se l'expliquait-elle pas elle-même !

Lorsque la belle Irène se fut éloignée, miss Eva dit à Marthe :

— Voyons !... ne m'en veuillez pas !... Je n'aurai garde de trahir son secret... Si je tenais tant à le savoir, ce n'est pas dans une mauvaise intention... parole d'honneur !

. . . .

Pendant ce temps-là, mademoiselle Montgiscard, ayant repris place dans sa calèche découverte, passait auprès de Dom Lopez de Bayadas sans l'apercevoir ; elle regardait de l'autre côté, elle répondait par un geste souriant au discret salut de Georges Dumesnil, qui restait immobile au bord de la Grève et sous le charme encore de cette furtive apparition.

— Ah ! ah ! fit le Brésilien, serait-ce là mon heureux rival ?

Et, s'en rapprochant par un détour, il le suivit à distance.

Une autre curiosité s'éveillait... celle de la haine.

IX

VILLA MONTGISCARD

Mademoiselle Irène étant connue du lecteur, il nous semble convenable, et sans plus de retard, de lui présenter monsieur son père.

Cyprien Montgiscard était de *Bézierss*, ou du *moinss* des environs. A peine sa chevelure, plus noire que celle du corbeau, commençait-elle à grisonner, bien qu'il approchât de la soixantaine ; une vive intelligence pétillait dans son regard accentué par de gros sourcils en broussailles. C'était un petit homme remuant, bruyant, exubérant, très brun de peau, nerveux et sec comme un sarment de vigne.

La vigne !... elle avait été la source de sa fortune. Il ne s'en cachait pas, bien au contraire. « Té ! répétait-il avec orgueil, *ze* ne suis qu'un vigneron... Mais j'avais le *zénie* de la vendange !... » En effet, pressentant la révolution économique qu'allaient apporter dans le commerce des vins les chemins de fer et la maladie de l'oïdium, il commença par transformer en vignoble tout son patrimoine, des terrains jusqu'alors incultes. Aussitôt qu'ils furent en valeur,

Cyprien Montgiscard les hypothéqua pour en acheter d'autres qu'il défricha, planta de même, et toujours ainsi, s'arrondissant toujours. D'autre part, il améliorait culture et produits, se tenant à l'affût du progrès. On se moquait du novateur : la France est le pays de la routine. Mais quand survint la hausse on cessa de rire.

Elle devait atteindre des proportions phénoménales ; et celui que plus tard on surnomma le nabad de Béziers se complaît à nous dire aujourd'hui de certains lopins de terre acquis il y a trente ans : « Ze l'ai payé nonante francs, il m'en rapporte chaque année dix fois *plusse*! ».

D'autres se fussent contentés d'un pareil résultat, mais pas Montgiscard. Il se fit tonnelier, distillateur ; il fabriqua du vermouth, du bitter, du bordeaux, du bourgogne, des vins d'Espagne, voire même du johannisberg et du tokai. « Troum de l'air! disait-il un jour à Marseille, il y a de tout dans le vin de l'Hérault... surtout de l'or!»

Il eut enfin l'art de répandre sa marchandise dans tout l'univers... Après avoir été son propre commis-voyageur, on le vit rencontrer un digne lieutenant dans la personne de Jacques Champrigaux.

Ayant conscience de son manque d'éducation, il fit donner à sa fille une éducation de princesse.

Sa fille !... c'était son grand sujet d'orgueil !... Sa fille et ses millions ! Quand ils se furent multipliés, quand elle devint la merveille que nous avons décrite, il dépensa des trésors de volonté pour se rendre digne d'eux et d'elle. Le vigneron s'effaça pour faire place au bourgeois. On peut même affirmer qu'il résumait en sa personne toutes les qualités et tous les défauts de notre bourgeoisie méridionale. Vantard et présomptueux, inconséquent, excessif en toutes choses, mais cordial, hospitalier, spirituel et généreux, tel était le nabab de l'Hérault. La main toujours ouverte, le cœur comme la main.

Il se faisait honneur de sa fortune, il aimait à recevoir fastueusement. La villa de Nice l'attestait. Une demeure princière.

A l'intérieur, des lambris et des meubles finement ouvragés, des tentures précieuses, des statuettes de marbre, force vieux Sèvres et vieux Saxe, des chinoiseries, des faïences et des cristaux, des émaux, des tableaux, des bibelots, des œuvres d'art de toutes sortes.

Quant au jardin, les cicérones et les Guides imprimés le signalent aux voyageurs... Il rivalisait avec celui d'Alphonse Karr.

C'est au milieu des splendeurs d'un délicieux salon Japonais que nous retrouvons le lendemain la plupart des personnages de cette histoire. D'une part Dom Lopez et Vaudin de la Rocaille, de l'autre, John Howel et Miss Eva.

— Ma fille va descendre, dit Montgiscard en entrant et en serrant la main à ses visiteurs. Elle est avec sa maîtresse de piano... Une amie d'ailleurs... Les voici...

Entre les deux jeunes filles qui s'avançaient, quel contraste ! Irène, éblouissante de toilette et de fraîcheur ; Marthe, toute blanche sous le noir de son deuil, mais ayant le charme de la modestie et de la simplicité. Eva bondit à leur rencontre et, par ses juvéniles attraits, compléta le groupe.

— Les trois Grâces ! dit Isidore.

— Me sera-t-il permis, ajouta Dom Lopez, de décerner le prix à la plus belle !

C'était à Irène que s'adressait cet exorde.

— Merci pour les deux autres, interrompit Eva : mais achevez votre compliment, beau Pâris !... mademoiselle Marthe, qui nous représente Minerve, ne vous gardera pas rancune... Quant à Junon, c'est autre chose ! Il ne reste que ce rôle... je le prends... et vous savez que l'altière déesse aime à se venger...

ne fût-ce que de ceux qui se parent des plumes de son oiseau favori.

Ces derniers mots, prononcés d'ailleurs à demi-voix, furent à peine entendus. Le Brésilien, impatient de la raillerie, reprenait la parole en ces termes :

— Je ne vous offre pas la pomme... mais une fleur de mon pays... l'*Aurora fulgens*... votre sœur en beauté... Vous aviez manifesté le désir de la connaître, et j'ai tout de suite télégraphié là-bas afin d'en avoir un bouquet... Une dépêche m'avise qu'il débarque à Marseille et sera ce soir ici... M'autorisez-vous à revenir pour le déposer à vos pieds !

Irène ne put se défendre d'être flattée d'un pareil hommage. Son père s'écria :

— *Peccaire !* Voilà qui s'appelle agir en grand seigneur..

Le triomphe de dom Lopez était complet, Eva sembla vouloir lui apporter elle-même son tribut d'éloges :

— Une fleur d'outre-mer ! un bouquet du Brésil ! mais rien ne m'étonne de la part de M. le marquis de Bayadas ! Je me souviens qu'à la Nouvelle-Orléans, l'année dernière, on le citait comme le plus galant des... maris...

Montgiscard tressauta.

— Des maris ! mais vous êtes donc marié, Bayadas ?

— Je suis veuf ! répondit-il d'un ton rauque et bref.

Il était écarlate. Ses yeux lançaient des éclairs. Mais la jeune Américaine ne craignait pas d'être foudroyée. Elle poursuivit naïvement :

— Alors c'est depuis peu ?... Pardon d'avoir ravivé vos regrets... Cette pauvre marquise !... je la vois encore... Elle était plus âgée que vous, n'est-ce pas ? Quelle fatalité !.., Elle vous aimait tant !... Elle était si riche !

Sous ces feintes condoléances, on commençait à sentir une pointe d'ironie.

— Mais je me le rappelle à présent, conclut Eva-

Qui donc m'a conté cette histoire ?... Une fin tragique, n'est-il pas vrai, dom Lopez ? Votre femme n'a pas été malade... Elle est morte subitement !

Cet adverbe, décoché comme une flèche, atteignit le Brésilien en pleine poitrine. Il ne savait plus quelle contenance tenir ; il était vert et, sous prétexte de dissimuler un sanglot qui ressemblait à un rugissement, il s'en alla vers la fenêtre. Évidemment, c'était un homme hors de combat.

John Howel, bien que toujours aussi calme en apparence, se divertissait beaucoup, intérieurement. Le sourire effleurant sa lèvre l'attestait du reste.

— Et d'un ! murmura-t-il en regardant avec admiration sa pupille.

Celle-ci l'avait probablement entendu, car, avec un clignement d'œil, elle lui répondait tout bas :

— À l'autre !

X

SUITE DU PRÉCÉDENT

En dépit de l'espèce de pacte qui le subalternisait au Brésilien, Isidore abusa de la déconfiture de celui-ci pour se replacer au premier rang.

On le vit pousser vers la belle Irène une pointe audacieuse et, le monocle incrusté dans l'œil droit, les deux mains formant les ailes de pigeon dans l'échancrure de son gilet en cœur, et la bouche *idem*, se pavaner, faire la roue comme l'oiseau Mythologique auquel Éva-Junon venait de promettre qu'elle lui restituerait ses plumes.

— Monsieur le vicomte, l'interrompit-elle, vous me faites donc infidélité !... Je vous pardonne, mais à la condition que vous allez me rendre un petit service...

— Trop heureux ! Mademoiselle, et si mes relations, mon influence dans le monde...

— Précisément ! Vous êtes très répandu, très en
vue, vous nous renseignerez peut-être à propos de
certain gentleman... qui avait de la famille aux États-
Unis... Un oncle... qui est mort... Sir Howel a promis de retrouver le neveu... l'héritier...

— Un oncle d'Amérique ! s'écria vivement Isidore,
quelle veine pour le neveu !... Comment s'appelle-t-il
ce fortuné mortel ?

— Attendez ! fit Eva, qui, le doigt sur le sourcil,
semblait interroger sa mémoire, voilà que je ne me
souviens plus... Mais aidez-moi donc, sir John.

Le complaisant tuteur avait l'air de chercher, mais
sans plus de succès que sa pupille.

Isidore était sur des charbons ardents ; il avait des
parents aux colonies, et nous savons que jamais héritage ne serait arrivé plus à propos.

— Un drôle de nom ! disait la fillette impatiente
de ne pas le retrouver, Blondin... Blavin... Vaurien...
Non !... j'y suis ! Vaudin... Isidore Vaudin... Son père
était épicier...

— En gros ! fit involontairement le prétendu vicomte, qui venait de se retourner à demi comme
mordu au talon...

— Ah !... fit Éva, vous le connaissez...

— Moi !... non pas !... balbutia le gommeux, qui
craignait de se trahir. Cependant... permettez... s'il
s'agit d'une succession...

— Bien faite pour tenter... même un gentilhomme...
et qu'il ne refusera pas, j'en suis certain, monsieur
le vicomte.

— Espérons-le !... dit-il, je crois pouvoir en répondre... pour lui...

— C'est un de vos amis, alors !... Quand nous
l'amènerez-vous ?

Isidore était haletant d'espoir. Il s'écria :

— Demain !... Ce soir !... Tout de suite !... si toutefois l'héritage le mérite... En quoi consiste-t-il?

Éva prit un air de commisération touchante, et répondit :

— Trois jeunes orphelins sans ressources et qu'il faudrait adopter généreusement. C'est tout ce qu'a laissé l'oncle Vaudin !

Comment peindre la confusion ou mieux encore, pour nous servir d'un des termes de son argot, l'épatement d'Isidore ? Sa grimace était si comique que miss Éva ne put retenir un franc éclat de rire.

Le cocodès se voyant, sinon démasqué, du moins sur le point de l'être, jugea que le plus sage était de filer doux. Déjà dom Lopez de Bayadas battait en retraite : son digne acolyte s'empressa de le rejoindre et de disparaître à sa suite.

— Ah ! ma pupille ! dit Howel, ma pupille, c'est par trop abuser de l'adolescence, qui donne le droit de se moquer des grands garçons ! Si ce pauvre diable, vous eût impertinemment répondu, votre tuteur se voyait contraint de le réduire au silence, et, qui sait ! peut-être de le blesser... ailleurs que dans son amour-propre...

Montgiscard demanda :

— Je réclame un éclaircissement... Est-ce que?

— Oui ! fit la sémillante espiègle, vous avez deviné. Isidore Vaudin... c'est le Vicomte...

— Mais d'où vient ce nom de La Rocaille ?

— Une bicoque... acquise par l'épicier son père... et dont il s'attribue le nom... V. de La Rocaille.

— De La Racaille, alors ! s'écria Montgiscard. Mais qui donc vous a si bien renseignée, miss ?

— Mon petit doigt ! répliqua l'enfant terrible.

Et l'autre, le Brésilien ?

— Le veuf, crû devoir préciser Eva.

— Oui, le veuf, répéta dédaigneusement Irène. Sa femme est donc morte d'un coup de foudre?

— Ou d'un coup de couteau, répliqua comme étourdiment la pupille de John Howel. Dom Lopez

de Bayadas a, paraîtrait-il, des accès de jalousie
terribles.

— Oh ! l'affreux homme ! conclut mademoiselle
Montgiscard, en se détournant avec horreur.

— Et de deux ! murmura le tuteur.

— *Peccaire !* s'écria le nabab, auriez-vous une police
à vos ordres ?...

— Très bien faite ! répondit la pupille, et non seulement dans le Nouveau-Monde, mais encore dans
l'Ancien ! Première preuve : la généalogie d'Isidore...
Vous en faut-il une seconde ! Tenez ! voici justement que nous arrive un troisième visiteur, sur le
compte duquel j'oserai vous apprendre une particu-
larité secrète.

Montgiscard, d'après son indication, avait regardé
par la fenêtre.

Un jeune homme en grand deuil traversait le
jardin.

— Monsieur Georges Dumesnil ! fit le nabab.

Il avait froncé le sourcil.

Marthe, avec une certaine appréhension :

— Mon frère devait venir me chercher, dit-elle.

— Ecoutez ma révélation ! reprit miss Wilson. Celui qui vient ne scinde ni n'allonge son nom Bien au
contraire, par une modestie qui lui fait honneur, le
gentilhomme s'est effacé devant l'artiste...

« En attendant la fortune et la célébrité qui lui
viendront un jour, il supprime sa particule, il cache
son titre... et personne hormis les gens très bien
informés, personne ne sait qu'il s'appelle du Mesnil...
en deux mots... et qu'il est baron... baron des croi-
sades ! »

— Pas possible ! fit le millionnaire, dont le front
s'était déjà déridé.

— C'est comme j'ai l'honneur de vous le dire !
poursuivit Eva, qui souriait. Voyez plutôt les gestes
désespérés que m'adresse sa sœur... Elle a voulu
prévenir, et maintenant elle me reproche mon indis-

crétion. Calmez-vous, Marthe ! ne craignez rien...
c'est un secret entre nous quatre... Personne ici ne
lui témoignera qu'il en ait connaissance... il faut le
jurer avec moi... Nous le jurons !

Irène et son père, se prêtant de fort bonne grâce
à la plaisanterie, répétèrent ce serment.

Cyprien Montgiscard était bien un bourgeois de
son temps. Il avait repris toute sa cordialité.

— Je suis très libéral assurément, dit-il, et tout à
fait affranchi du préjugé de caste ...

Il n'acheva pas. Un domestique introdusait le jeune
artiste...

— Mais arrivez donc ! s'écria Montgiscard, qui
bondit à sa rencontre. On parlait de vous précisément... cher monsieur... nous sommes ravis de vous
voir !...

On sentait qu'il s'était mordu les lèvres pour ne pas
dire : Mon cher baron !...

Miss Eva, toute radieuse du succès qu'elle venait d'obtenir pour son protégé, lui fit également
accueil.

— Permettez-moi de vous serrer la main, monsieur Georges, suivant la mode de chez nous...

Puis, sans se dégager encore de l'étreinte et, par
un mouvement gracieux, se tournant à demi vers
Irène :

— Eh bien ! fit-elle, c'est le peintre ordinaire de
Votre Majesté ! Pourquoi la reine des belles ne lui
souhaiterait-elle pas aussi la bienvenue... à l'américaine !

Mademoiselle Montgiscard obéit avec une certaine
rougeur qui la rendit encore plus charmante, et sa
main toucha l'autre main de Georges.

— Oah ! fit John Howel, je suis très content, Monsieur... Bonjour !

A la suite de cette expansion, qui devait rester
dans le vague, il y eut un moment d'embarras, un
loup, comme on dit au théâtre, et la faconde méri-

dionale de l'amphitryon ne parvenait même pas à le remplir.

Mais la présence d'esprit de miss Eva pourvoyait à tout. Une vraie providence.

— Un peu de musique !... s'écria-t-elle, allons ! Marthe, à nous deux !... La *Rêverie de Rosellen...*

Georges prit place en face d'Irène, et tandis que les quatre mains couraient sur le piano, il la regardait, il la contemplait, ainsi qu'un pèlerin sa madone.

Elle était assise à contre-jour, et frappée de dos par des rayons de soleil, qui, l'enveloppant d'un manteau de lumière, accusaient nettement son buste et laissaient dans l'ombre son visage... une ombre douce et transparente... un clair-obscur idéalisant sa beauté.

Après le concert, après un bout de conversation, les deux visiteuses disparurent, précédées par mademoiselle Montgiscard, qui désirait les consulter sur une question de toilette.

Miss Eva, tenant Marthe par la taille, lui disait tout bas :

— Regrettez-vous encore votre confidence ? Ses rivaux sont en pleine déroute, et le voici très en faveur.

— Ah ! répondit la sœur de Georges, vous êtes une fée, miss Eva !

— Patience ! conclut mystérieusement celle-ci, nous n'en sommes encore qu'aux premiers coups de baguette !

L'artiste était resté avec Montgiscard et sir Howel.

— Courage !... lui disait celui-ci d'un regard amical.

L'autre, avec son exubérante brusquerie :

— Pourquoi, diantre ! n'avez-vous pas cinq cent mille francs !... ou tout au moins cent mille écus... comme tout le monde !... car enfin vous nous iriez !...

Mais rien de rien !... *Peccaire !*... c'est dommage !

Déja le millionnaire en rabattait, marchandant avec son orgueil.

XI

ON DEMANDE TROIS CENT MILLE FRANCS

Dom Lopez de Bayadas, en rentrant chez lui, bouillait encore d'une telle colère qu'il avait tout saccagé, tout endommagé, y compris les deux nègres qui le servaient, l'un comme cocher, l'autre en qualité de valet de chambre.

Isidore avait suivi le Brésilien, non moins furieux que lui-même.

— Quelle veste ! s'écria-t-il ; parions que si nous sommes blackboulés, c'est par rapport à cet habit noir qui franchissait la grille derrière nos talons !... L'avez-vous remarqué, dom Lopez ?

— Depuis trois semaines, répondit-il, j'épie ce beau ténébreux et me renseigne sur son compte, à Paris comme à Nice.

— Eh bien ! questionna l'ex-vicomte, qu'en avez-vous appris ? quel est ce rival ?

Avec une hargneuse grimace, le Brésilien dut se contraindre à cet aveu.

— Un peintre de talent. ou du moins d'avenir. Il n'a contre lui que son obscurité, sa pauvreté.

— Deux vices rédhibitoires ! dit Isidore, surtout le second. Comment l'appelez-vous ce futur Raphaël ?

— Georges Dumesnil.

— Attendez-donc ! dit Vaudin, comme frappé d'un souvenir, Mais... oui .. Je le reconnais à présent... C'est un camarade de collège.

Le sombre regard de Lopez s'illumina d'un éclair.

— Parfait !... dit-il, vous n'en jouerez qu'avec plus de vraisemblance le rôle que je vous destinais...

— Quel rôle !... Ah çà !... vous n'allez pas le massacrer, j'espère !

— Inutile, si nous pouvons autrement nous en débarrasser. Suivez bien mon raisonnement.

— Je vous écoute, séñor Bayadas.

Telle fut sa démonstration :

— Ce jeune homme est pauvre, il aime une fille riche et souhaite ardemment la fortune... Il la lui faut immédiate... Or, nous avons ici près un établissement où l'on peut espérer un miracle.

— Monaco !...

— C'est vous qui l'avez nommé, vicomte... et mes récentes victoires sont une amorce pour les joueurs naïfs.

— *Naturellement,* monsieur le marquis, n'avez-vous pas encore hier soir fait sauter la banque ?

— Donc, reprit le Brésilien, vous rendez visite à votre ancien camarade. La connaissance se renoue... Vous le confessez adroitement... Adroitement encore vous lui suggérez la ressource du jeu... Il y court... il perd... vous lui prêtez de l'argent...

— Moi ?

— Nous ! Ma bourse n'est-elle pas devenue la nôtre ? Il est décavé derechef, s'entête à la revanche, et nous emprunte. « Comment donc ! Mais avec plaisir !... » Il s'enferre jusqu'à la garde. Tout à coup, j'exige le remboursement... Impossible !... Nous l'exécutons sans miséricorde... et, déconsidéré, déshonoré, le voilà contraint de battre retraite à son tour !

Isidore s'empressa d'applaudir :

— Bravo ! Savez-vous qu'il est très canaille, votre truc !

— Vous en acceptez l'initiative ?

— Avec enthousiasme !... Si je n'épouse pas, je

ne veux pas non plus qu'il épouse ! Fi donc !... un artiste !...

Et, dès le soir même, le fils de l'épicier s'acheminait vers la demeure de Georges.

. . . .

Le jeune peintre n'était que trop disposé au fatal conseil qu'il allait recevoir.

Trois cent mille francs !... Ce dernier chiffre, émis par le père d'Irène, il l'avait encore dans l'oreille au sortir de la villa Montgiscard.

En rentrant à l'atelier, une lettre de l'ami Champrigaux lui répéta, dans les meilleures intentions, ce même *ultimatum*.

« Je regrette, écrivait-il, que les affaires retardent mon passage à Nice, d'où je voudrais pouvoir t'arracher. Il y dans ta réponse une fièvre, une exaltation qui m'alarme sérieusement. Imprudent ! fou ! Avoir été choisir la seule résidence que tu devais éviter ! Je t'en conjure, va-t-en ! Cet été, par un généreux sacrifice, tu n'as pas voulu que ta mère ni ta sœur aient connaissance de ce grand prix de Rome qui te donnait le droit, et peut-être t'imposait le devoir de te séparer d'elles. Puisque Marthe va mieux, dis-lui la vérité. Partez ensemble. Il y a du soleil aussi sur les bords du Tibre. La Ville Éternelle a des consolations pour les âmes endolories, pour le cœur et pour les yeux d'un artiste. Il faut te distraire, l'oublier, ne plus la voir. A quoi bon ! Faut-il te répéter encore que le père est dix fois millionnaire, et que son gendre devra justifier au préalable d'un million pour le moins ?... »

Georges interrompit en ce moment sa lecture :

—Ah ! mais non ! Plus même la moitié ! Il m'a demandé cent mille écus ! Cent mille écus, ce n'est que trois cent mille francs !

Quelques minutes plus tard, il cherchait à se distraire de cette pensée fixe, en commençant l'esquisse

d'un nouveau tableau ; mais son crayon ne traça sur
la toile que ce chiffre :

300.000

Et, dessous, un grand point d'interrogation :

?

L'émissaire de dom Lopez arrivait.

Du premier coup d'œil, mais sans en rien laisser
paraître, il avisa, il déchiffra ce rébus.

— Tiens ! tiens ! se dit-il *in petto*, voici le logogri-
phe même que flairait Bayadas !...

Puis, à haute voix :

— Évoque tes souvenirs de collège !... Mais, re-
garde-moi donc, Georges Dumesnil !... Je suis Vaudin... Isidore Vaudin.

Le frère de Marthe reconnut enfin son condisciple,
sans l'honorer d'un très chaleureux accueil.

— Je constate que tu n'as pas perdu l'habitude du
travail... Sac à papier !... que de tableaux ?... est-ce
que tu gagnes beaucoup avec ces machines-là ?

— Pas tant, répliqua l'artiste un peu piqué, pas
tant qu'à vendre des denrées coloniales.

— Tu dis ça par rapport à papa, reprit Isidore, qui
ne manqua pas d'inscrire ce nouveau grief à l'avoir
de sa rancune. Le fait est que le trafic du bonhomme
m'a conquis la fortune et l'indépendance ; je vis de
même qu'au lycée, à ne rien faire... un sybarite,
un inutile ! comme dit Cadol. Tu peux disposer de
moi, s'il te fallait un lanceur dans les régions du
plaisir... J'y suis classé.

— Il y a deux mois à peine que j'ai perdu ma
mère ! dit Georges en montrant ces habits de deuil.

— Cela n'empêche pas la *flemme*, ni les promenades... à Carabacel, à Villefranche, à Monaco...

— Monaco !... répéta le peintre avec un regard
involontaire vers la toile où se trouvait figuré le problème de son avenir.

— Ça mord ! pensa le tentateur, qui se hâta de
poursuivre à haute voix : Je te donne cette adresse

car tu peux être certain de m'y rencontrer chaque
soir... Ah ! Monaco ! Monaco ! c'est ma toquade !...
Un palais des *Mille et une nuits !* Les jardins d'Ar-
mide ! Eclairage *à giorno !* Rien que l'orchestre
t'épatera. Des salons resplendissants... Le tapis vert
enfin ! le tapis infernal avec son flux et son reflux de
vagues d'or et de banknotes !

— Sous le râteau du croupier, murmura Georges
avec une certaine intonation prouvant que ce n'était
pas la première fois qu'il y songeait.

— Pas toujours !... se récria l'ex-vicomte. Il y en
a qui gagnent, et beaucoup. Témoin le marquis de
Bayadas, un de mes grands amis qui leur « pigera »
cette année des sommes folles. Hier encore, il a cha-
viré la caisse !

L'artiste, pour se donner une contenance, s'était
remis à l'œuvre ; mais évidemment son esprit voya-
geait ailleurs, et très probablement vers la féerique
Californie qui venait de se dérouler à ses yeux.

— Tu crois donc, reprit-il après un silence, qu'on
peut s'enrichir là-bas par un coup d'audace ?

— Par une dizaine de coups tout au plus, répondit
effrontément Isidore, si tu parolises à la gagnante.
Pair ou non... rouge ou noir... La mise double. Rappelle-toi le chapelet arithmétique que nous dévidions
au collège en guise de pensum ? Ce grain de froment
qui se multiplie par les cases d'un damier... tu sais ?
Deux, quatre, huit, seize, trente-deux, soixante-qua-
tre, cent vingt-huit, deux cent cinquante-six, etc.,
etc. Si j'ai bien compté sur mes doigts, nous n'en
sommes encore qu'au huitième, n'est-ce pas ? Sup-
posons que l'enjeu soit un billet de mille, et calcule.

— Mais, observa Georges, la même couleur se ré-
pète-t-elle aussi souvent ?...

— L'autre soir, interrompit Vaudin, j'ai vu, de
mes yeux vu, une série de dix-sept noires... et ça n'a
pas duré plus de temps que pour faire cuire un œuf
à la coque !...

Après quelques variations brillantes sur ce thème, malheureusement trop connu, l'ex-vicomte s'éloigna sur cette conclusion dernière :

— N'oublie pas... tu sais? Entre la roulette et le trente-et quarante... C'est là mon domicile politique. Au revoir !

Georges resta pensif. Il voulut travailler... Impossible !... Enfin, cédant à l'obsession du désir qui le harcelait, il écrivit à John Howel :

« Je refusais hier les trois mille francs de votre portrait; il me serait agréable de les recevoir demain, etc., etc. »

Ce billet envoyé, l'artiste se calma. Il reprit son crayon. Mais au lieu de l'esquisse projetée la veille, il se contenta d'aligner au-dessous du point d'interrogation cette série de chiffres :

3
6
12
24
48
96
192
384,000 fr.

Et, sentant le besoin de marcher, il sortit.

Le lendemain, sir John apporta les mille écus demandés.

Il avait été présent à *l'ultimatum* de Montgiscard. Georges lui parut avoir un air étrange. Le regard d'Howel ayant rencontré le tableau, il comprit.

De sorte qu'à la même heure où Vaudin disait à dom Lopez :

— Il viendra !

Sir John disait à miss Eva :

— J'y serai !

XII

MONACO

Si vous ne vous sentez pas assez fort pour résister aux séductions du jeu, évitez les parages de Monaco. Là se retrouvent, sous ces deux appellations modernes... roulette, trente-et-quarante... les deux célèbres gouffres de l'Antiquité... Charybde et Scylla...

Cette restriction faite, c'est le plus merveilleux séjour, c'est le paradis... de Mahomet !

Georges Dumesnil avait résolu de tenter la fortune, non pour gagner de l'argent, mais pour conquérir celle qu'il adorait. Un chiffre, étincelant à ses regards, lui montrait le chemin. Il venait de recevoir une somme suffisante pour la mise première. Qu'elle se muitipliât, ainsi que Vaudin l'avait déclaré possible, et Georges serait assez riche pour demander Irène à son père.

Cependant une sorte de honte l'empêcha de se confier à Marthe. Il passa tout l'après-midi, comme d'habitude, avec elle. Vers le soir, prétextant la fatigue qu'elle manifestait, il lui conseilla le repos. « J'en profiterai, dit-il, pour accepter l'invitation de ce condisciple dont je te parlais tantôt. Il m'emmène souper aux environs. Ne t'inquiète pas, je ne reviendrai peut-être que demain matin ! »

Deux heures plus tard, il pénétrait dans les salons du Kursal.

L'éclat des lumières l'éblouit d'abord. A peine osait-il se mêler à cette foule cosmopolite qui formait çà et là des groupes où, sans doute par respect pour le temple du dieu Hasard, on ne parlait qu'à voix basse. Il se sentait lui-même oppressé, intimidé. Isidore rompit le charme en accourant à la rencontre du néophite.

— Ah ! te voilà... Je t'attendais !... Permets-moi
de t'expliquer la manière de s'en servir !...

Il le conduisit aux abords d'une longue table verte
où diverses lignes étaient tracées, qui lui parurent
des hiéroglyphes. Une vingtaine de joueurs, appartenant la plupart au sexe masculin, se trouvaient
assis à l'entour. Ils restaient silencieux et graves.
Quelques-uns piquaient des épingles sur une petite
carte placée devant eux. Au centre, sur de plus hau-
tes chaises, quatre messieurs présidaient à la partie,
deux à droite et deux à gauche, en habit noir et cravate blanche. On eût dit des notaires. C'étaient les
croupiers. Chacun d'eux à son tour maniait les cartes,
tandis que les trois autres, armés d'un râteau d'ébène
à long manche, ramassaient ou doublaient les en-
jeux. On voyait, à portée de leurs mains, des piles,
des serpenteaux, des rouleaux d'or et des paquets de
bank-notes. Au milieu du tapis vert, une grande sé-
bille de même couleur.

— Tu vois le trente-et-quarante ! expliqua Vaudin.
C'est le jeu des gens comme il faut... Un peu lent,
mais très chic... La roulette est moins solennelle,
plus expéditive...

L'artiste ne le laissa pas achever. Impatient de
comprendre et d'engager le combat, il avait dit :

— Va pour la roulette !

En effet, là tout se devinait à première vue. Mêmes
croupiers, mêmes râteaux, même étalage de chan-
geur. Mais plus de cartes en ligne de bataille et de
points à compter. Un cylindre avec des numéros,
des couleurs, des divisions, parmi lesquelles, suivant la pittoresque expression d'Isidore, cascadait
une bille d'ivoire.

Bref, le tourniquet à macarons, mais hélas ! on ne
pouvait pas dire de celui-ci comme de l'autre : A
tout coup l'on gagne.

Déjà le regard du nouveau joueur s'était fixé sur
le losange rouge où l'on pontait pour cette chance.

Il y jeta ses trois mille francs.

— Bigre! fit Isidore, quelle attaque!

La bille s'arrêta presque aussitôt : Georges avait gagné.

On doubla son enjeu. Il ne bougeait pas.

— Tu laisses donc les six mille? questionna l'ex-vicomte avec une certaine admiration.

Un signe affirmatif fut la seule réponse de l'artiste.

Le numéro sortant ne tarda pas à être proclamé ; c'était un numéro rouge, soit douze mille francs à l'avoir de Georges.

Il avait pâli, mais il restait immobile, les bras croisés sur la poitrine, ne regardant que sa mise, qui, déjà quadruplée, formait un monticule assez agréable à l'œil.

Un des croupiers, le plus majestueux, l'effleurant avec grâce du bout de son râteau :

— Combien, demanda-t-il, combien à la masse?

— Hein? fit Georges, en interrogeant du regard Isidore.

— Ah! voilà le cheveu, répliqua celui-ci. La banque, au-dessus d'un certain maximum, ne tient plus... Elle cane... C'est huit mille francs, je le crois du moins, ne m'étant jamais trouvé à pareille *nopce*.

Georges, dédaigneux de s'enquérir du chiffre exact, répondit bravement au chef de partie :

— Le maximum!

Rouge gagna pour la troisième fois.

— Combien à la masse? questionna-t-on derechef.

Et la réponse aussi se répéta :

— Même enjeu!... toujours le même.

On commençait à remarquer le hardi ponteur, on s'écarta pour lui faire place... et le diable sait qu'il y avait foule autour de la roulette ce soir-là! Un triple rang de joueurs, appartenant à toutes les nationalités, beaucoup de joueuses, vieilles ou jeunes, quelques-unes très jolies, très élégantes, risquaient de l'argent ou de l'or sur les chances simples, sur les douzaines, les sixains, les carrés, les tercets, les numéros à cheval, et les numéros en plein. C'était la dernière heure fiévreuse où chacun veut se refaire.

Georges seul restait impassible. Trois cent mille ou zéro ! Les chiffres intermédiaires ne pouvant émouvoir cet amoureux qui n'était pas un joueur, ou qui plutôt était un joueur par amour.

Il était assis maintenant, un coude sur le tapis, le front dans sa main. Chaque coup ramenait cette question, cette même réponse : Le maximum ? le maximum ! A la série heureuse, une intermittence avait succédé. Parfois on lui retirait des bank-notes, parfois encore on en ajoutait.

Une seule fois il releva la tête. John Howel était là, de l'autre côté de la table où se livrait cette bataille. Une expression de reproche et de pitié se lisait dans son regard.

Chez Isidore, au contraire, l'admiration tournait à l'enthousiasme. Il s'était laissé choir sur un siège, à côté de son ancien camarade, et les émotions contenues de celui-ci, celui-là les manifestait sans vergogne.

— Dis donc !... pour te sauver le tiers de la mise... si tu me prêtais un billet de mille !...

— Prends ! l'autorisa Georges.

Isidore en prit deux. C'était dans un moment de veine.

Elle tourna. Le râteau s'abattait à chaque coup sur la masse qui diminuait à vue d'œil. Elle se trouva presque réduite à l'enjeu primitif. Un dernier échec et c'en était fait ! Rouge !... La chance semblait revenir... Mais l'heure de la clôture approchait. On annonça les trois dernières boules... Noire ! Georges avait perdu... Mais il gagna les deux autres !

Il n'avait pas bronché. Il semblait vouloir rester et lutter encore.

— Nini ! c'est fini ! murmura Vaudin, on va éteindre !

L'artiste se leva, étonné du silence et du mouvement de retraite qui se faisaient autour de lui. Il semblait sortir d'un rêve.

— Est-ce que nous n'encaissons pas le bénef ?... demanda le vicomte, il en vaut cependant la peine, veux-tu que je compte ?

— Oui... combien ?

— Trente-neuf mille ! dit Isidore.

Georges ramassa d'un air indifférent. Ce n'était pas cela qu'il avait espéré.

En ce moment, un homme à grandes manières s'approcha de lui. C'était dom Lopez de Bayadas.

— Monsieur, dit-il fort courtoisement, permettez-moi ne vous complimenter... On me citait depuis un mois comme le roi des joueurs, vous m'avez détrôné ce soir... Aussi j'ose vous adresser un cartel... Après la bataille, le combat singulier... Voulez-vous ?

— Je n'ai pas l'honneur de comprendre, s'excusa l'artiste.

— C'est bien simple, expliqua le marquis, la banque vient de s'endormir, ayant pour oreiller son coffre-fort... Je m'offre à sa place, et, plus large qu'elle, j'accepte l'enjeu qu'il vous plaira.

— Trente-neuf mille francs ?

— Va pour ce chiffre !

— Et si je gagnais, Monsieur, tiendriez-vous le double ?

— Le double, soit !

Georges parut réfléchir. Il calculait : 2 fois 39... 78 — 2 fois 78... Ce ne serait encore que la moitié de ce qu'il lui fallait.

Mais Bayadas, qui semblait lire dans la pensée de son rival ajouta :

— Et quitte ou double une autre fois encore... j'en prends l'engagement.

Ce chiffre, 312 flamboya devant les yeux de l'artiste. Il s'écria :

— J'accepte !

— En cinq points d'écarté ? proposa le Brésilien, c'est un jeu que tout le monde connaît.

— Mais où le jouer, Monsieur ?

— Ici près, dans un des salons de l'hôtel de Paris...

— Allons !

Quelques familiers du Brésilien l'entouraient ; ils répétèrent ce mot. Le sort en était jeté.

Au milieu du groupe qui s'apprêtait à sortir du Kursal, Georges se trouvait isolé. Personne ne s'intéressait à lui, hormis peut-être Isidore Vaudin qu'une sorte de remords commençait à envahir. Il se disait, en regardant l'ancien camarade qu'il avait attiré dans le piège :

— Pauvre garçon ! pauvre pigeon ! Il va se faire plumer, c'est fatal !

Tout à coup, John Howel s'approcha :

— Messieurs... voulez-vous m'admettre parmi les juges du camp ? Je ne joue pas, mais j'aime à regarder jouer les autres... une curieuse partie, d'ailleurs !...

Un refus n'était possible ni de la part de dom Lopez, ni de celle Georges.

— C'est étrange ! pensa celui-ci ; mais il a donc reçu la mission de veiller sur moi !

XIII

PARTIE ET REVANCHE

Le salon est des plus luxueux. Toute une constellation de bougies l'éclaire et fait resplendir les incrustations et les saillies de l'ameublement, les cristaux, les glaces et les bronzes. On y remarque comme un échantillon de chacun des sièges inventés pour la mollesse, mais ils restent vides, car tous les spectateurs sont debout autour de la table de jeu. Déjà les adversaires s'y trouvent en présence.

Deux mignons flambeaux à double branche, pourvue chacune de son abat-jour, jettent une lueur discrète sur le tapis où Georges Dumesnil vient de mettre en ligne ses trente-neuf mille francs, toute son armée ! Des forces égales ont pris position du côté de dom Lopez, mais ce n'est qu'une avant-garde. La réserve campe dans ce gros portefeuille en cuir fauve qui se voit auprès de lui. Elle donnera plus tard, s'il en est besoin.

Trois jeux de cartes sont là sous leurs bandelettes. L'engagement, on se le rappelle, est de trois parties. Georges ne peut en perdre qu'une.

Il gagne.. et les billets du vaincu doublent l'effectif du vainqueur. C'est le second terme de son paroli : 78.

— Je crois être en mesure, dit le Brésilien ; mais quant au troisième, si troisième il y a ?... peut-être devrons-nous le parfaire à l'aide d'un chèque revêtu de ma signature.

Et, tout en souriant, il compte et range la somme en bataille.

Une vive escarmouche se termine à son avantage ; il marque deux points.

Mais Georges arrive coup sur coup jusqu'à quatre.

— Courage ! murmure à son oreille la voix de Vaudin, qui décidément passe à l'ennemi.

Un point, plus qu'un point, et l'artiste se verra à la tête de 156.000 francs... la moitié de ce qu'il lui faut pour être heureux !

La donne est au marquis.

Il tourne le roi.

— Bigre ! se dit en pâlissant Isidore, est-ce que mon Brésilien serait un Grec ?

Dom Lopez abat ses cartes : il a la quinte au valet d'atout.

— Tout pour la dame ?

Elle ne se trouve pas dans le jeu de son adversaire.

— La vole ! conclut Bayadas. Deux et trois font cinq... C'est la partie.

— J'ai perdu ! dit Georges en se levant calme et digne.

Mais le marquis, avec un geste pour l'engager à se rasseoir :

— Continuons ! Je vous tiens la somme toute entière sur parole...

— Bravo ! s'écria étourdiment Vaudin, c'est un trait de générosité qui... que... du plus haut chic !

Un murmure approbateur semblait encourager le jeune artiste. Il eut un mouvement pour accepter... C'était peut-être la réalisation de son rêve qui s'offrait à lui... Mais, ayant rencontré le regard de John Howel sévèrement fixé sur le sien, il se redressa, d'ailleurs inspiré par sa conscience, et d'un ton de froide politesse, il répliqua :

— Je vous remercie, Monsieur, de l'honneur que vous voulez bien me faire... Mais je ne risque rien au-delà de ce que je puis payer... Permettez que je me retire... Adieu !

Le vainqueur lui-même s'inclina devant cette fière et loyale résolution, qui lui défendait d'insister. Quant au vaincu, après avoir salué l'assistance, il s'éloigna.

— Bien ! avait murmuré John Howel, avec un premier mouvement pour le suivre.

Mais il se ravisa, songeant qu'il est certaines heures où les consolations, même les plus sincères, ne peuvent être qu'importunes.

Isidore, qui n'avait plus la même délicatesse, s'élança sur les traces de celui qu'il osait encore appeler son ami.

Au premier détour du chemin qui redescend vers la plage, Georges s'était assis sur un banc que masquaient des buissons toujours verts.

La force morale qui l'avait soutenu durant la lutte lui faisait à présent défaut. Enervé, abattu, dans une prostration complète, il ne voyait plus, il n'entendait plus. Quand son compagnon le contraignit à relever enfin la tête, celui-ci ne put retenir un cri de surprise et de commisération. Georges pleurait.

— Ah ! ma pauvre vieille, attends ! Je m'en vais réquisitionner un véhicule quelconque pour te remener à Nice !

Non ! Se récria la frère de Marthe, j'ai besoin de marcher... Je veux être seul... Ne t'inquiète pas. L'air et la fatigue me feront du bien... C'est une leçon, voilà tout.

Puis, revenant sur ses pas pour serrer la main de son ancien camarade :

— Je ne t'en suis pas moins reconnaissant ! Excuse-moi... merci !

Et, d'une allure fiévreuse, il disparut dans la nuit.

L'ex-vicomte resta pendant quelques secondes immobile et tout houteux de lui-même.

— C'est décidément un brave garçon ! se disait-il, tandis que moi... canaille !... Ah ! si je pouvais... Mais rejoignons les autres... Ce n'est pas en restant planté parmi les aloës et les palmiers que je réparerai le mal dont je suis cause !

Il retrouva dom Lopez célébrant sa victoire à la place d'honneur d'un joyeux souper.

L'amphitryon semblait en belle humeur, mais sitôt que les convives se furent retirés, sa colère éclata.

— Demonios ! s'écria-t-il, le sort tourne contre moi !

— Mais il me semble que vous n'avez pas à vous plaindre, marquis de Bayadas ! objecta timidement Isidore.

— Si fait ! car tout mon plan reposait sur cette dernière partie qu'il a refusée... Il serait maintenant mon débiteur... Un débiteur insolvable, et, par conséquent, déshonoré... Je le tiendrais à ma merci !

— Dom Lopez !.. Mais vous étiez donc certain de gagner ?

Le Brésilien ne répondit que par un regard. Ce regard était toute une révélation.

Isidore, resté seul, avala coup sur coup deux grands verres d'eau. Puis, se laissant tomber sur un pouf :

— Où diantre allais-je m'emballer ? se dit-il ; mais c'est un filou ! un capitaine de brigands ! J'étais de sa bande ! Halte-là !... Minute !... Il n'en faut plus... Je le lâche.

Puis, après une pause et sur un tout autre ton :

— Tandis que l'autre ! un camarade !... un ami... Il pleurait... ses larmes m'ont touché le cœur !

Pendant ce temps-là Georges regagnait Nice au hasard et, pour ainsi dire, d'instinct. Tantôt il côtoyait la grève, tantôt il escaladait quelque montagneux promontoire. C'était par une de ces belles nuits méridionales, toutes resplendissantes d'étoiles. Le murmure des flots, se mariant à celui des bois, formait une divine harmonie dans l'air. On y sentait tour à tour la brise de terre et celle de mer, qui rafraîchissaient en même temps le front de l'artiste. La saine fatigue le remettait de l'autre. Une nouvelle force lui revenait, et, retrempé par l'espérance, il accélérait le pas, comme impatient de recommencer la lutte, mais la lutte du devoir et de l'honneur. Quelles mâles résolutions ne prit-il pas durant cette marche vivifiante ! il rentra vers les trois heures du matin, brisé de corps, reposé d'esprit. Après un sommeil d'enfant, réveillé dès l'heure habituelle, il se mit gaiement au travail.

Marthe ne s'aperçut de rien.

— Bonjour, frère !... T'es-tu amusé, hier soir.

— Pas trop ! Ce sont là des parties de plaisir qui ne se recommencent pas.

On pouvait espérer qu'elle demeurerait secrète ; mais le machiavélique Bayadas en avait autrement décidé. Toute Nice sut dès le lendemain ce qui s'était passé la veille à Monaco. Vers le soir, Georges rencontra Montgiscard, qui lui rendit froidement son salut.

Heureusement, la bonne fée veillait. Elle avait reçu le rapport de son émissaire et tuteur, rapport se terminant ainsi :

— Je vous en réponds maintenant... c'est un homme !

— Voilà, répondit sa pupille, ce qu'il faut démontrer au nabab de Béziers.

— La chose me sera d'autant plus facile, observa John Howel, que j'étais présent à l'*ultimatum* des cent mille écus. Tout vient de là. Le coupable, si coupable il y a, c'est Montgiscard !

Une heure après, sir John revint dire à miss Eva :

— Il s'est souvenu... il a compris... Je calcule même que cet acte de folle témérité ne lui déplaît pas... Il a bien voulu m'apprendre que, dans sa jeunesse, il était fort aventureux... *Peccairé* !

La jeune Américaine, après avoir souri, demanda :

— Et la belle Irène ?

— Je ne l'ai pas vue, répondit Howel. D'ailleurs, vous le savez, je ne suis avec les dames qu'un très médiocre diplomate.

— D'accord ! fit-elle en souriant, ceci me regarde... et je vais imaginer un prétexte pour qu'elle me rende visite demain, à certaine heure, où je leur ménage un coup de théâtre.

Le jour suivant, en effet, Mlle Montgiscard était assise dans le boudoir de miss Eva.

— Comme vous voilà triste ! disait celle-ci. Ne le niez pas... J'en sais la cause... Votre père veut vous marier...

Irène en convint, s'étonnant d'une pareille devination.

C'est tout simple, reprit gaiement Eva, je suis créole et je suis enfant... les enfants, vous savez, on ne peut rien leur cacher... surtout lorsqu'ils arrivent du Nouveau Monde ! J'ai lu... je lis encore dans vos grands yeux noirs que dom Lopez *Barbe-Bleue* vous fait grand peur ?

— Oh ! ne parlons plus de celui-là... Je vous en conjure !

— Soit !... Mais il y en a d'autres qui ne sont guère plus rassurants... N'est-il pas vrai, ma chère Irène ?...

— Hélas ! répliqua-t-elle en devenant pensive, lorsqu'une jeune fille a le malheur d'être par trop riche, ce n'est pas sa personne que recherchent les prétendants, c'est sa dot !

Ah ! vous êtes heureuse, miss Eva, d'être née dans un pays où le mariage est autre chose qu'une affaire d'argent...

— Le mien, reprit celle-ci ne m'inquiétera guère !... Il est d'avance arrêté... là... dans la tête et dans le cœur !... J'ai mon prince charmant, qui ne faillira pas ! Mais vous avez aussi le vôtre, Irène, et qui n'a pas failli... On l'a calomnié...

— Ah ! miss Eva, si je pouvais vous croire...

En ce moment, la mulâtresse annonça M. Georges Dumesnil...

Eva, poussant Irène derrière les rideaux qui masquaient la porte de sa chambre, lui dit à voix basse :

— Cachez-vous... Écoutez ! Mais il y va de son bonheur et du vôtre... C'est le seul moyen de connaître la vérité...

Lorsque Georges entra dans le boudoir, il n'y trouva que miss Eva.

Son portrait, autre toile de Pénélope, exigeait encore quelques retouches.

— Eh ! bonjour, monsieur mon peintre ! lui dit son gracieux modèle ; j'espère que nous allons bien travailler aujourd'hui... Mais il faut d'abord que je vous gronde...

Et, comme il la regardait tout surpris :

— Qu'est-ce que c'est, l'histoire de Monaco ? poursuivit-elle ; on en cause beaucoup trop en ville, et vos

amis s'en affligent. Ah çà ! mais, se demandent-ils,
M. Georges Dumesnil serait donc joueur ?

— Ah ! se récria-t-il, vous avez pu croire...

— Pas moi ! l'interrompit-elle avec sa fine naïveté
d'adolescente, pas moi, qui suis l'amie de Marthe... et
qui, par elle, ai reçu confidence de votre secret.

— Mon secret ?

— Mais oui, je sais bien pourquoi vous jouiez...

— Miss...

— Souvenez-vous, d'ailleurs, que sir John était là
quand M. Montgiscard vous a dit : « Pourquoi n'avez-
vous pas trois ou quatre cent mille francs ! c'est dommage ! »

— En effet...

— Vous voyez bien que je sais tout... Ce n'était pas
dans le but de vous enrichir, c'était pour avoir le
droit de prétendre à la main de celle que vous aimez...

— Moi !

— Osez me dire que vous ne l'aimez pas !

Et, les bras croisés sur la poitrine, sa jolie tête re-
jetée en arrière, un irrésistible sourire sur les lèvres,
elle provoquait un aveu.

Plus bas ! au nom du ciel !... plus bas ! répétait
l'artiste, palpitant, éperdu.

— Mais nous sommes seuls ! reprit Eva. Ne vous
êtes-vous pas encore aperçu que j'étais votre amie...
une amie discrète et qui mérite votre confiance ?
Ingrat ! me la refuserez-vous donc toujours ?

— Eh bien ! s'écria-t-il, obéissant à ce regard qui
le magnétisait, eh bien ! enfant cruelle, puisqu'il
faut que vous m'ouvriez le cœur pour voir ce qu'il y
a dedans ? eh bien ! oui... je l'aime ! je l'aime !

— Allons donc ! fit *in petto* miss Eva.

Georges, emporté par sa passion, ne s'arrêta pas
en si beau chemin. Il poursuivit :

— Oh ! si vous saviez comme j'ai souffert en la retrouvant ici, entourée, courtisée par tout ce qu'il y
a de riche et de plus brillant ! Je suis pauvre, obs-

cur... et j'étais jaloux ! Je me désespérais ! Et pourtant, ils ne convoitent en elle que sa beauté, son opulence... Ce que je voudrais, moi, c'est son cœur, c'est son âme ! Ah ! je lui ai donné la mienne !

Eva semblait au comble de ses vœux. Elle approuvait du geste et du sourire, un sourire, qui la rendait encore plus jolie.

— Mais c'est qu'il va très-bien ! pensait-elle. De mieux en mieux ! Ne dirait-on pas que je le souffle !

— Un jour enfin, continua l'artiste, son père me témoigna quelque intérêt. « Gagnez cette somme, semblait-il me dire, et je vous préfère à tous les autres. » Ce me fut comme une inspiration de tenter le sort. . Il m'a trahi. Je ne m'en plains pas. Mon art me reste, et le travail ! La conquérir autrement serait indigne d'elle ! mais il me faudra du temps... Si du moins elle savait ! Patience ni courage ne me feraient défaut si je pouvais espérer qu'elle attendra...

Il n'acheva pas... les rideaux venaient de se rouvrir, démasquant Irène.

Et délicieusement émue, des larmes dans les yeux :

— J'attendrai, dit-elle.

XIV

L'AMI CHAMPRIGAUX

A quelques jours de là, Marthe arriva chez miss Eva plus tôt que d'habitude. Nous ne tarderons pas à dire pour qu'elle cause elle avait devancé l'heure, et sans avoir le temps de prévenir son élève.

Comme elle traversait le salon, les accords du piano frappant son oreille, elle s'arrêta, surprise d'abord, puis charmée, mais avec une nuance de regret.

Vainement la mulâtresse insistait pour l'annoncer,

Marthe l'écarta du geste, et, paraissant tout à coup sur le seuil du boudoir :

— Miss, dit-elle avec un ton de reproche, pourquoi m'avoir dissimulé votre talent ?... Vous seriez de force, si des revers vous y contraignaient, à donner aussi des leçons.

Eva, qui d'abord avait rougi, commençait à se remettre d'un trouble passager.

— Je suis dans un de mes bons jours, répondit-elle. Et d'ailleurs, Marthe, lorsque je vous ai priée de venir ici, c'était surtout pour revoir nos vieux maîtres avec une musicienne digne d'eux. Que trouvez-vous là de blessant ?

— Le cachet, répondit la sœur de Georges.

— Oh ! le vilain mot !... se récria miss Eva. Quant à moi, si nos rôles changeaient, si je devenais à mon tour la moins fortunée, Marthe, je m'estimerais heureuse d'être même votre servante... car je suis, et de tout mon cœur, votre bien sincère amie !...

Marthe, touchée de cet affectueux élan, reconnut ses torts, et la jeune Américaine s'empressa de les pardonner.

— Une amie ! reprit-elle de son accent le plus calin, voilà ce qu'il me faudrait... Ah ! si vous vouliez... si tu voulais ! Vois comme je suis seule... Howel me cherche une compagne... Appelons franchement les choses par leur nom... une demoiselle de compagnie... mais qui serait traitée par nous comme une égale, comme une sœur.

— Oh ! fit Marthe, Georges s'y refuserait... et Jacques aussi... Nous avons reçu de ses nouvelles ce matin... Il arrive tantôt... C'est pourquoi j'avais devancé l'heure.

— Et moi qui te retiens ! s'écria miss Eva, prenant résolument l'habitude du tutoiement. Va ! ne fais pas attendre ton fiancé !

Quelques minutes à peine s'étaient écoulées depuis son retour, lorsque la sonnette retentit, agitée par une main franchement impatiente.

Un homme entra : c'était Jacques Champrigaux.

Marthe elle-même vous l'a dit, ce n'est pas un jeune premier ; il ressemble plutôt à Coquelin qu'à Delaunay. Une grosse tête avec beaucoup de cheveux crépus tirant sur le roux ; des traits irréguliers, la bouche grande et le nez original ; mais des yeux et des dents à faire envie. Sa physionomie ouverte pétille d'intelligence. On y devine ce bons sens gaulois, qui jadis était la marque distinctive de notre caractère national, la volonté, la droiture, la bonté.

Bien qu'il ait dépassé la trentaine et commence à prendre un certain embonpoint, Jacques est encore alerte et souple.

Il avait déjà reçu l'accolade de Georges, qui l'amenait vers Marthe. Jacques bondit aussitôt vers elle et, fougueusement, il l'étreignit dans ses bras.

Comme elle s'en dégageait, quelque peu confuse :

— Bah ! se récria-t-il, est-ce que tu n'es pas ma promise !... est-ce que tu n'es pas ma femme !

Par ainsi, causons à cœur ouvert... Mais en déjeunant ! J'ai une faim de loup ! Faudra que j'aille ensuite à l'ordre... autrement dit mon patron, l'illustre Montgiscard !

Déjà Marthe avait disparu pour activer les préparatifs du repas.

Jacques examinait les tableaux, les esquisses.

— Pas mal !... Très bien ! dit-il avec une justesse d'appréciation attestant que, s'il n'était pas artiste, il avait du moins le sentiment de l'art.

Puis, tout à coup :

— Parlons de ta sœur ! Il y avait six mois que nous ne nous étions vus... et j'approuve à présent que tu lui aies caché ton grand prix. Le climat de Rome eût été dangereux pour elle... Mais celui de Nice ne vaut rien pour toi... Voyons ! sois franc... que s'est-il passé ?

— Ah ! mon ami, mon frère... J'ai le soleil dans le cœur !

Georges n'avait pas de secrets pour Jacques. Il lui raconta tout, mais avec une si respectueuse gratitude, avec une telle adoration que l'idole elle-même s'en fût déclarée satisfaite.

— Peste ! fit Champrigaux, mais c'est tout un roman ! La rude soirée de Monaco te préparait une jolie revanche le lendemain... Espoir et courage !... Le patron, stimulé par sa fille et par l'ami Jacques, en rabattra peut-être encore .. Malheureusement, tu n'as pas le sou...

— C'est à la lettre, reconnut Georges, car j'abandonne à Marthe ma part d'héritage... Ah ! je le veux... Les titres sont entre tes mains, ils n'en sortiront pas... C'est, je crois, trois ou quatre mille livres de rente.

— A peu près... répondit évasivement Jacques, qui semblait ne pas vouloir qu'on lui rappelât ce dépôt. Il avait rougi.

Marthe reparut, annonçant avec une gracieuse révérence que *ces messieurs* étaient servis.

Le repas fut des plus animés. On avait tant de choses à se dire. On parla de miss Eva.

— Je ne serais pas fâché de la connaître, dit Champrigaux. Ça m'a l'air d'une bonne petite fille...

Puis, au dessert :

— Le café !... s'il vous plaît ?... L'heure sonne où je dois me diriger vers la demeure du nabab.

Il en revint triomphant :

— Georges ! prépare tes pinceaux !... J'ai mis dans la tête de Montgiscard... auquel je rapporte des commissions monstres... une nouvelle commande... Bref, il veut le portrait de la villa Montgiscard...

Le jeune peintre parut médiocrement flatté du sujet.

— Bah !... reprit Jacques, il s'agit d'une simple pochade... et rien ne t'empêche d'y mettre des personnages... Par exemple, elle !

Cette dernière observation ne manqua pas de produire un revirement.

— Par ainsi, conclut Champrigaux, nous irons ce soir, vers les dix heures, pour terminer l'affaire,... C'est convenu. Mais l'habit noir et la cravate blanche sont de rigueur,... Cyprien traite les gros bonnets de la localité. Il voulait m'avoir avec eux. Pas de ça, Lisette ! J'aime bien mieux dîner ici... en famille !

En effet, nos trois amis restèrent ensemble jusqu'au moment où Marthe, quelque peu fatiguée par les émotions de ce jour, renvoya ses deux frères... dont l'un devait se transformer en mari.

Ils arrivèrent à la villa comme on sortait de table pour prendre le café dans un délicieux salon à l'orientale. Georges n'eut que le temps d'échanger un regard avec Irène ; elle se retira dès qu'on eut distribué les cigares.

Il y avait là quelques fonctionnaires éminents, quelques étrangers de distinction, entres autres dom Lopez de Bayadas.

Le déplaisir du Brésilien se traduisit par une grimace, lorsque l'amphitryon dit en montrant les deux nouveaux venus :

— Je vous présente monsieur Georges Dumesnil... un artiste de beaucoup d'avenir... un grand prix de Rome... et M. Jacques Champrigaux... mon collaborateur, mon lieutenant... mon ami ; —

— Et surtout votre admirateur, capitaine.

— Trop heureux d'être pour quelque chose dans l'œuvre que vous poursuiviez, faire de votre ville natale, Béziers la plus riche de France. J'espère qu'un jour on vous y élèvera une statue.... Et ce jour-là, messieurs, si je suis encore de ce monde... moi qui n'ai jamais crié ni vive ceci ni vive cela, je crierai : Vive Montgiscard !

— Vive Montgiscard ! répétèrent tous les assistants.

Nous nous dispenserons de peindre la jubilation de celui-ci. Avec des simagrées modestes, il se gonflait, il se pavanait.

Ce n'était plus Nicaise, c'était Jacques qui venait de lâcher toutes les rivières de son orgueil.

Aussi, quand les autres se furent retirés, quand ils ne restèrent plus là que Georges et Champrigaux :

— *Té !* viens que je t'embrasse ! cria-t-il à ce dernier ; toi, je t'aime !

Puis, après une chaleureuse accolade :

— Ils ont raison là-bas quand ils prétendent que tu devrais être mon associé... Mais, bagasse ! je me suis mis dans la coloquinte que tu verserais tes économies dans ma caisse ! C'est bien le moins, n'est-ce pas ? Croiriez-vous, monsieur Dumesnil, qu'il allègue ne pas en avoir ! *Peccaire !* Mais qu'est-ce qu'il fait de son argent, je me le demande !

Un étrange et brusque changement venait de s'opérer sur la physionomie expressive de Jacques. Il ne riait plus, il semblait contrarié, inquiet. Ce trouble augmenta lorsque le frère de Marthe eut émis cette idée :

— A défaut d'économies, il peut maintenant vous offrir la dot de sa femme.

— Georges ! interrompit Champrigaux avec un cri douloureux, je t'en prie, tais-toi !

— Sa femme ?... disait Montgiscard, ah ! oui, votre sœur... Je m'en souviens... Mais elle a donc une dot ?...

— Oui, Monsieur... trois ou quatre mille francs de rentes, répondit le frère, en dépit des efforts du fiancé pour qu'il ne parlât pas.

— Représentées par quel capital ? questionna le négociant.

— Des valeurs espagnoles... Oh !... je me rappelle les avoir vues entre les mains de ma mère avant qu'elle te les confiât... voici plus de dix ans.

Cette dernière partie de la réponse s'adressait à

Jacques, qui, par une incompréhensible aberration, semblait au comble de l'effroi.

— Quelles valeurs ? demanda Montgiscard.

Ecartant la main que Champrigaux tentait de lui jeter sur les lèvres. Georges répondit :

— Des actions de la Banque de Tolède et Cordoue.

Le millionnaire éclata de rire :

— *Té !...* vous me la baillez forte... Mais voilà dix ans que cette compagnie-là ne paie plus... Elle a fait faillite ?

XV

UN DÉPOSITAIRE COMME IL Y EN A PEU

La foudre tombant au milieu du salon n'eût pas produit un autre effet que ces quelques mots : la Banque *Cordoue-Tolède* a fait faillite.

Jacques avait reculé comme au bord d'un gouffre s'entr'ouvrant sous ses pieds ; Georges se secouait, se tâtait, comme si, précipité tout au fond, il eût voulu se convaincre qu'il survivait à sa chute.

— J'ai mal entendu ! murmura-t-il enfin, c'est impossible ! Répétez, Monsieur, je vous en conjure ! Etes-vous bien certain de cela !

— *Peccaire !* mais j'étais au nombre des actionnaires ! Flibustés, dindonnés de fond en comble ! il ne nous en est rien revenu ; rien de rien, pas un maravédis !

Georges eut le geste d'un homme confondu. Il regarda Champrigaux, qui voulut fuir ; mais, lui barrant le passage, il le contraignit à rétrograder sous le feu de son regard menaçant.

— Scélérat ! lui disait-il d'une voix tremblante d'émotion, imposteur !

La tête basse, le front rougissant, les bras à l'abandon, Jacques finit par tomber dans un fauteuil, ainsi que, sur la sellette infamante, un criminel convaincu de son infamie.

— Mais qu'a-t-il donc fait de si mal ? questionna Montgiscard.

— Ce qu'il a fait ! répondit Georges, vous allez en être jugé !...

Puis, à Champrigaux :

— Et toi, l'accusé, écoute aussi... tu me démentiras si tu l'oses !

— Voyons ! fit en s'asseyant le nabab, intrigué par cette scène d'autant plus bizarre que, dans l'indignation du frère de Marthe, il y avait moins de colère réelle que de douloureuse amitié. Ce fut ainsi qu'il commença son réquisitoire :

— Certain jour, étant au collège, je fus défendu, protégé par un grand. C'était Jacques. Une cordiale intimité s'en suivit. Il n'avait pas de famille : je l'emmenai chez nous, et ma mère l'accueillit comme un autre fils, un fils aîné.

« Quelques années plus tard, quand il devint un homme sérieux, un homme d'affaires, elle s'habitua naturellement à le consulter sur les siennes. Je me souviens qu'il lui répéta plusieurs fois : Vous devriez vendre ces obligations-là...

— Les Andalouses ! fit Montgiscard ; il me semble que ce n'était pas un mauvais conseil.

— Malheureusement, reprit Georges, notre mère ne le suivit pas. Il lui fallait, pour élever ses enfants, un de ces revenus à gros intérêts que donnent, ou du moins promettent les valeurs étrangères. A quelque temps de là, se trouvant un peu malade, elle pria Champrigaux de toucher pour elle son semestre de rentes. J'étais là quand il revint, et je me rappelle à présent que sa manière d'être me parut anormale. Il était pâle, agité. Sa main, en posant l'argent sur la table, sa main tremblait. « Et les titres ?... » demanda notre mère. Il prétendit les avoir oubliés. « Au fait ! dit-elle, gardez-les... je vous institue le dépositaire et le receveur de notre petite fortune ! »

« Six mois plus tard, il apporta quinze ou dix-huit cents francs... Ce coupon qu'on ne payait plus !... Et voilà dix années que cela dure !... Comprenez-vous, monsieur Montgiscard ?

— Bigre ! s'écria le négociant, qui déjà venait de calculer le total.

— Depuis la première échéance peut-être, acheva le frère de Marthe, il a payé de sa bourse et menti. N'était-ce pas mentir que de dissimuler notre ruine !... Ah ! pauvre mère ! si elle avait su !

Jacques recouvra enfin la parole :

— Ça lui eût fait trop de peine ! dit-il ; elle a vécu sans inquiétude... Elle est morte en croyant vous laisser à l'abri du besoin...

— Mais toi ! toi !

Georges ne put y tenir davantage. Sa voix se brisa dans un sanglot. Il saisit à deux mains le visage de Jacques, et follement il le couvrit de baisers et de larmes.

L'émotion de Champrigaux n'était pas moins touchante, il disait :

— Est-ce qu'elle ne m'appelait pas son fils ?... Est-ce que je ne suis pas votre frère ?... Est-ce que tout à l'heure tu ne croyais pas nous abandonner ta part d'héritage, une trentaine de mille francs...

Et, de nouveau, les deux amis s'embrassèrent.

— *Té !* s'écria tout à coup Montgiscard, voilà que je pleure aussi, moi ! Suis-je assez bête !...

Il étreignit énergiquement les mains des jeunes gens, qui bientôt s'éloignèrent, convaincus de n'avoir pas démérité dans sa chaleureuse estime.

. . . .

Nous laissons à penser l'attendrissement de Marthe lorsque, malgré les supplications de Champrigaux, Georges eût appris à sa sœur toute la vérité.

— Ah ! Jacques ! Jacques ! dit-elle, comment jamais le récompenser d'un pareil dévouement !

— Mais c'est déjà fait ! répondit-il en s'agenouillant devant elle ; est-ce que tu te serais promise à moi si l'instinct de ton cœur ne t'avait pas avertie que le mien valait un peu mieux que son enveloppe... Quelques mille francs de plus ou de moins, la belle affaire ! Nous avons l'avenir, nous avons le travail, cette rente qui ne manque jamais !

Un chaste et long baiser fut la réponse de Marthe.

Le jour suivant, durant la leçon qu'était censée prendre miss Eva, il ne fut qustion que de l'ami Jacques.

Il reçut, vers le soir, un billet ainsi conçu :

« Je vous serais reconnaissante d'une petite visite. Nous avons à causer ; il y va du bonheur de Marthe, de celui de son frère, et peut-être aussi du vôtre... »

C'était signé : Eva Wilson. Un *post-scriptum* indiquait le jour et l'heure.

Champrigaux n'eut garde de manquer au rendez-vous.

La jeune Américaine accourut à sa rencontre, et lui tendant les deux mains dont elle serra cordialement les siennes :

— On m'a tout raconté. Je vous connais, monsieur Jacques !

— Miss, il me serait agréable de pouvoir en dire autant de vous. Jusqu'à présent vous me semblez être une énigme...

— C'est pour vous en donner le mot que je vous ai fait venir... Suivez-moi !

Elle le conduisit dans le cabinet de John Howel, mit en faction sa mulâtresse à l'une des entrées, s'assura que l'autre porte était close, et que nulle oreille indiscrète ne pourrait entendre un mot de ce mystérieux entretien. Tout ce que nous en révèlerons présentement, c'est qu'à la suite, lorsque reparurent

Jacques et miss Eva, ils étaient devenus les meilleurs amis du monde.

En se séparant :

— C'est bien convenu, lui dit-elle, alliance offen-
sive et défensive?

— Envers et contre tous !... répondit-il.

A son retour l'émotion qui se lisait encore sur ses
traits fut remarquée par Marthe et par Georges.

— Eh bien ! demanda celui-ci, que te voulait notre
gentille créole?

— D'abord nous inviter à dîner tous les trois.

— Et puis ?

— Puis, obtenir que Marthe vienne s'installer auprès d'elle... à titre de compagne et d'amie...

Georges eut un geste de déplaisir.

— Ma sœur, dit-il, m'avait déjà parlé de cette fan-
taisie... Elle ne me souriait que médiocrement.

— Permets-moi de ne pas être de cet avis, répliqua Champrigaux. C'est une offre dont il faut pro-
fiter... On ne saurait mettre en doute la sincérité de
l'affection de cette jeune fille, et sa maison me semble
un asile où Marthe sera tout à fait bien.

— Mieux qu'avec moi, son frère !

— Ne vas-tu pas faire le jaloux, dit Jacques, et te
poser comme le phénix des garde-malades ! Est-ce
que tu peux offrir à ta sœur autant de confortable et
de luxe, ces soins de tous les instants, ces mille
petites délicatesses qui sont la vie d'une femme et
qu'une autre femme peut seule comprendre et lui
donner... surtout quand elle a l'esprit et le cœur de
celle-là !

— Peste ! quel enthousiasme pour une inconnue !...

Marthe intervint :

— Georges, ne sois pas injuste... Nous connaissons
miss Eva... Elle nous a témoigné tant de sympathie !
Hier encore, tu l'appelais notre bonne fée... notre
providence !... Il y a quelque chose en elle qui m'at-
tire... Elle m'aime et je l'aime bien !...

— Eh bien ! fit Georges, et moi ?

— Toi, tu pars pour Rome...

Pour ton avenir, pour ton bonheur, il faut que tu ailles là-bas... il faut qu'à la première exposition tu puisses envoyer un chef-d'œuvre, et que le père d'Irène en soit ébloui, subjugué... Si tu résistais encore, je la ferais intervenir, elle !

L'artiste, ou plutôt l'amoureux se rendit à ce dernier argument. Il ratifia l'espèce de traité conclu par Jacques avec miss Eva.

Le lendemain à la table de sir John Howel, il fut arrêté que Georges partirait dans huit jours.

— Merci ! dit tout bas la jeune Américaine à son voisin Champrigaux, je suis contente !

XVI

GUET-APENS

Il y a longtemps que nous n'avons parlé des faits et gestes d'Isidore Vaudin, ex-vicomte de la Rocaille.

On se rappellera qu'il avait également abdiqué son prétendu scepticisme, et qu'un sentiment tout nouveau, le remords... d'avoir mal agi, venait de se réveiller dans son cœur.

Georges ne tarda pas à recevoir de lui la lettre suivante :

« Peut-être ne te souvient-il plus que l'autre soir, à Monaco, j'avais prélevé sur ta masse, en ce moment triomphante, un emprunt de deux billets de mille. Tu les trouveras sous cette même enveloppe. Ils m'ont porté bonheur. Je me suis refait. Merci.

« Je ne te dis pas adieu, camarade, mais au revoir... le jour où seront réparés mes torts envers toi. »

Ce billet parut assez énigmatique au destinataire.

— Ses torts !... quels torts ? murmura-t-il. Au contraire, je lui dois une certaine reconnaissance, puisque, grâce à cette rentrée inattendue, ma perte au jeu se trouve réduite des deux tiers.

Et dans ce sentiment, il répondit au vicomte un mot d'amitié.

Isidore avait l'ardeur d'un néophyte. Encouragé, stimulé par cette réponse, il la mit dans son carnet comme un talisman qui doublerait son audace, et fermement résolu de rompre avec dom Lopez, il se dirigea vers son logis.

Le marquis habitait, du côté de Carabacel, une villa tout à fait isolée. Un jardin planté d'arbres toujours verts et très touffus l'entourait. Pour clôture, une haute muraille. Des volets à la grille. Impossible, étant au dehors, de rien entendre ni de rien voir de ce qui se passait dans cette mystérieuse demeure... *propice aux tragéd es...*

Isidore rencontra le Brésilien dans le fumoir. Une des fenêtres donnait sur un tir au pistolet. La cible était pour l'instant une planche de chêne sur laquelle se trouvaient piqués treize clous, formant ce même chiffre.

Les balles envoyées par dom Lopez achevaient, comme autant de marteaux, d'enfoncer les clous dans la planche.

Il ne restait plus en saillie que les trois derniers.

— Attendez ! cria Bayadas à l'arrivant, attendez que j'aie fini de marquer cette cible à mon numéro favori ! Une ! deux ! trois !... C'est fait !... Je le jouerai ce soir. Et si, par malheur, j'avais à me battre demain, ne vous semble-t-il pas improbable que mon adversaire en réchappe ?

— Surtout, dit Vaudin, si cet adversaire se nomme Georges Dumesnil ?

— C'est vous qui l'avez nommé ! déclama le Brésilien. Il me doit une revanche, et, bien que sachant manier les cartes avec une certaine dextérité, je suis encore plus fort au pistolet... Qu'en pensez-vous, vicomte ?

Celui-ci frissonna, mais ne répondit point. Un instant les deux anciens complices se regardèrent en silence.

Isidore avait eu d'abord l'intention d'une franche rupture ; mais en retrouvant dom Lopez aussi résolu dans sa haine, il se dit :

— Voyons le venir ! Pour déjouer ses trames il faut les connaître... Pour sauver Georges, il faut avoir l'air de rester le complice, ou du moins le complaisant de son ennemi.

— Quoi de nouveau ? demanda soudainement le Brésilien.

— C'est tout justement la question que j'allais vous adresser, répondit Isidore. Je ne suis plus dans le mouvement... Une de mes tantes rappelle le neveu prodigue ! Vous allez être épaté, marquis... Je suis en train de payer mes dettes

— Moi de même, fit Bayadas avec son plus félin sourire, et c'est dans les convenances... Vous comprenez... à la veille d'un mariage...

— Bah ! avec qui ?

— Eh ! qui serait-ce, mon cher vicomte, sinon la belle des belles !...

Dom Lopez parlait en homme assuré de la réussite ; il marivaudait.

— Mais, fit Isidore avec quelque surprise, vous vous êtes donc expliqué catégoriquement ?

— Très catégoriquement.

— Et mademoiselle Montgiscard a consenti ?

— Tout au contraire ! Elle m'a formellement déclaré que son cœur n'étant plus libre, elle ne serait jamais ma femme...

— Eh bien ! alors ?

— Alors, je me vois dans la nécessité de l'y contraindre...

— Comment cela, marquis ?

— Par la force, vicomte, et par la ruse. Tenez ! au moment où vous êtes entré, je parachevais mon plan d'attaque. Il ne me manque plus que deux petites choses pour être assuré de la victoire...

— Lesquelles? dites. .

Bayadas le regardait d'un air goguenard. Il répondit enfin :

— Ecoutez donc !... je ne sais plus trop si je dois avoir confiance... L'autre soir, à Monaco, il m'a semblé que votre zèle pour moi se refroidissait singulièrement... comme aussi votre rancune avec l'autre !

— C'est bien simple !... répliqua Vaudin, non sans quelque embarras, j'avais eu la sottise de me lier par un emprunt... De là ma neutralité... La délicatesse m'en faisait une loi... Mais je suis redevenu libre de par le remboursement... Et tenez ! pour que vous n'en doutiez pas, voici sa quittance...

Il venait de déplier un billet, la lettre de Georges, qu'il présenta toute ouverte à dom Lopez.

Celui-ci s'en empara vivement, la parcourut d'un regard étrange, et retournant la page afin de constater la signature :

—Merci !... s'écria-t-il avec une joie railleuse, je ne doute plus de votre dévouement. Voici l'une des choses qui me manquaient !

C'était la lettre. Il la montrait avec un geste triomphateur.

Avant que le vicomte n'eût recouvré la parole, un des deux nègres, qui semblaient être les âmes damnées du Brésilien, jeta par l'entre-bâillement de la porte ces trois mots :

— Fritz est là...

— Fritz! murmura Isidore, n'est-ce pas le domestique allemand de Montgiscard?

— Précisément !... Un Bavarois, son homme de confiance !... répondit Bayadas ; et si vous êtes curieux d'en savoir davantage, vicomte... dissimulez-vous un instant derrière cette tapisserie... je ne vous empêche pas d'entendre...

A peine Vaudin avait-il disparu, que le Bavarois entra.

Au regard interrogateur de Bayadas, il répondit avec componction :

— Le bal de ce soir ne sera pas remis. Monsieur va mieux...

— Bien !... fit avec satisfaction le marquis. Tout est disposé dans le pavillon !...

— Tout.

— Même la fausse clef de la petite porte du parc?

— La voici.

En échange, dom Lopez lui présenta la lettre qui venait de tomber entre ses mains :

— Pourrais-tu, d'ici à ce soir, questionna-t-il, imiter cette écriture?

— *Ia*, répondit Fritz.

— Alors, conclut le Brésilien, — passe dans mon cabinet, tu trouveras sur mon bureau le brouillon du billet doux qu'il faut écrire et signer de ce même nom : Georges. Tu m'a compris?

— Ia! ia ! fit le Bavarois avec un angélique sourire.

Mais déjà, bondissant vers lui, Isidore s'efforçait de reprendre la lettre.

— Oh! mais non! s'était-il écrié. Je devine un guet-apens.. je ne veux pas en être complice ..

Par malheur, Fritz avait la taille d'un géant. Il n'eut qu'à lever le bras pour mettre l'objet en litige hors des atteintes de son légitime propriétaire.

D'autre part Bayadas, saisissant les deux poignets de celui-ci, le contraignait à se retourner de son côté, tout en lui disant avec une courtoise ironie :

— Mais laissez donc ce digne Teuton accomplir consciencieusement sa petite besogne. — Va, Fritz! va, je le tiens...

— Et vous, cher vicomte, pas d'efforts superflus! vous manquez de muscles!

En effet, le grêle et fragile Isidore se sentait pris

comme dans un étau ; il se débattit néanmoins, tout hérissé, tout écumant de rage.

— Là ! là, calmons-nous ! continua dom Lopez en allant s'adosser contre la porte par laquelle venait de disparaître l'Allemand. Je vous consigne jusqu'à demain matin... D'ici là vous me gêneriez... A bas les gêneurs.

Il sonna. Les deux nègres accoururent.

— Vous allez conduire Monsieur dans la chambre rouge, ordonna-t-il. S'il résiste, vous l'y porterez. Je vous recommande les plus grands égards, mais une étroite surveillance. Verrous et serrures, que tout soit rigoureusement fermé... En cas d'évasion, j'autorise l'emploi du revolver...

Sur ce, bonne nuit, vicomte !

XVII

CONTRE-MINE

Isidore, en dépit de ses ridicules, n'était pas un sot, encore moins un lâche.

Après une verte protestation, après quelques régimbements, il comprit que c'étaient peines perdues, et se laissa docilement écrouer dans la prison du marquis de Bayadas.

C'était un coquet logis de garçon : salon et chambre à coucher donnant l'un dans l'autre, avec une entrée chacun sur l'antichambre. Pas d'autre porte extérieure. Elle se fermait au dehors par une sûreté dont il fallait avoir le secret. Très mignonne d'ailleurs, mais de force à déjouer toute tentative d'effraction : il n'y fallait pas songer.

Notre ex-vicomte était dans un tel état de surexcitation nerveuse, qu'il ne sentait plus l'exacte perception des choses. Jamais pourtant son intelligence ne lui avait été plus nécessaire. Il tenta vainement de se calmer.

— Le seul moyen, pensa-t-il, ce serait le sommeil... je veux dormir... dormons !

Il se jeta sur le lit, enfonça sa tête dans l'oreiller, ferma les yeux, ferma les poings, et s'assoupit d'autant plus facilement que sa nuit dernière avait été une nuit blanche.

Quatre heures sonnaient à la pendule lorsque ses paupières se rouvrirent. Il se leva, fit sa toilette. Puis, après quelques tours de chambre, se sentant rafraîchi, dispos et dans la pleine jouissance de ses facultés :

— Réfléchissons !... dit-il. Et d'abord, pourquoi suis-je séquestré ?... Ah ! je me rappelle ! La lettre... et l'Allemand qui doit imiter l'écriture et la signature de Georges... Pour un billet doux !... Le Brésilien n'a pas su retenir cet aveu... Je m'en empare, je déduis ce raisonnement : A quelle personne dom Lopez veut-il adresser le faux poulet !... Réponse : Irène. Or, que sollicitent ordinairement les amoureux ?... Un rendez-vous... En de pareilles conjonctures et de la part d'un pareil homme, ce doit être un piège... et pour aboutir au rapt... à l'enlèvement !... J'y suis !... Ah ! je mettrai des bâtons dans ses roues !... Mais comment ? Le Fritz a parlé d'un bal... Eh !... je me souviens !... Pour ce soir !... Montgiscard m'a fait l'honneur d'une invitation... Si Bayadas m'y voyait apparaître, quel coup de théâtre ! Un relief à tout casser !... Oui... mais ce soir... Bigre ! le temps presse !

Vaudin s'était assis sur le canapé ; il attira la table placée devant, il y planta ses deux mains réunies, il continua son monologue tout en promenant çà et là des regards scrutateurs, impatients, alertes :

— Il y a donc urgence à sortir d'ici... Il faut être dehors avant minuit... Le loisir me manque de percer un trou dans la muraille, ce qui serait traditionnel ! Quant aux portes, ou plutôt à la porte, j'en ai tout d'abord courtisé la serrure... un bijou !... mais intraitable ! Reste une seule issue... la fenêtre ?

Il l'ouvrit... Un second étage !... Mais le premier se trouvait pourvu d'un balcon... De plus, il y avait là, presque à l'angle, un palmier d'assez haute taille et dont on pouvait s'aider pour la descente.

— Eh ! eh ! ce n'est pas impossible ! calculait Isidore, pour moi surtout, qui, jadis, me glorifiais d'une certaine force en gymnastique... seule branche d'éducation que j'ai cultivée. Merci, mon Dieu ! Quant au mur du jardin, j'entrevois un treillage... bagatelle ! Ah ! si j'étais en bas !... Comment y parvenir ? Mais c'est élémentaire !... Un vieux truc ! Les rideaux, ou plus simplement les draps du lit. Un nœud marin ! J'en ai la pratique, ayant navigué sur l'escadre de Bougival...

— Et si l'on m'aperçoit ! reprit-il sur un tout autre ton. Il y a les revolvers ! Bah ! qui ne risque rien n'a rien ! C'est pour réparer ton crime, Isidore, et pour te venger du Brésilien ! Mais j'y songe, puisqu'il organise ce soir son traquenard, les nègres en seront, naturellement ! Je les vois d'ici déguerpir, laissant le repaire sous la garde des femmes...

Tandis que l'un des noirs dressait le couvert, l'autre, ayant présenté la carte des vins, descendit à la cave. Le prisonnier venait de choisir les meilleurs crûs, pour se donner du revif. Il paraissait content de son sort ; il mangea de bon appétit, but sec et rubis sur l'ongle. N'est-ce pas une tradition scénique d'endormir ainsi la prudence de ses geôliers ! « Abusons-les ! flattons-les ! » se disait le captif. Et, servi par eux, tour à tour il les appelait Toussaint-Louverture ou Soulouque.

Au dessert, il feignit même la joyeuse insouciance de l'ivresse, cassa des assiettes et renversa des flacons, se mit à chanter la *Vénus aux Carottes* et *C'est dans l'nez que ça m' chatouille.* Comment lui suppo-

ser des projets d'évasion !... Lorsque le café fuma
dans sa tasse et le cigare entre ses lèvres, il prit la
pose orientale d'un pacha rêvant au paradis de Mahomet :

Les deux esclaves s'éloignèrent. Le prisonnier ne
commit pas l'imprudence de bondir instantanément
vers la porte : on l'espionnait peut-être à travers le
trou de la serrure ? Ce ne fut qu'après un nouveau
quart d'heure de divagations ottomanes qu'il alla s'as-
surer que la porte se retrouvait close et plus solide-
ment que jamais.

— Va donc pour la fenêtre ! conclut Isidore. Jusqu'à ce jour, je n'avais jeté par là que mon argent ;
ma personne va prendre ce même chemin. Évitons
la casse !

Un instant après, sans que rien y parût à la surface, il avait extirpé les draps du lit. Il les rassem-
bla, les natta, ayant amarré la première boucle à
l'appui même de la fenêtre. Le câble n'aurait qu'à
filer par dessus pour pendre au dehors ; il pendait
maintenant en dedans, mais dissimulé par les rideaux.

Vers les dix heures, un landau, tournant la maison, s'arrêta devant la marquise du péristyle. Isidore, bien que penché en dehors, ne put voir
dom Lopez, mais il entendit sa voix ;

— En route ! disait Bayadas, et n'oublions rien de
ce qui a été réglé. Sinon, pour toute récompense,
la bastonnade !

Et, la portière s'étant refermée, la voiture disparut.

Sur le siège, Vaudin avait reconnu les deux nègres.

La garnison s'en allait, mais c'eût été sottise que
de croire à l'abandon de la forteresse. Quelques vi-
tres restèrent éclairées vers la base d'une aile en retour. Probablement, la cuisine.

Cette lumière inquiétait le fugitif. Elle s'éteignit

enfin. Mais il crut devoir attendre jusqu'à minuit, heure propice aux aventures.

Le douzième coup n'avait pas encore sonné lorsque le câble libérateur atteignit le balcon du premier étage.

— O ma mère ! murmura-t-il en s'y laissant glisser sans bruit.

Aucun bruit non plus dans la maison. Rien qui semblât de nature à donner l'alarme.

Isidore, saisissant l'extrémité de chaque drap, parvint à les dénatter sans peine, et l'un des bouts lâché, l'autre tiré, il amena le tout sur le balcon, d'où par le même système, il accomplit aussitôt la seconde étape de son voyage aérien.

Il venait de toucher terre, il murmurait : « Sauvé ! sauvé ! » lorsque tout à coup des aboiements formidables éclatèrent de l'autre côté de la maison.

— Bigre de bigre ! se dit Vaudin, j'aurais dû prévoir Cerbère ! Et le voici, juste au moment de filer ! Pas de veine !

Heureusement, une voiture, arrivant à fond de train, s'arrêta brusquement devant la grille où retentirent des coups furieux.

Cerbère, courroucé de nouveau, s'élança de cet autre côté. Isidore ne fit qu'un bond jusqu'à la crête du mur.

Déjà le landau rentrait dans la cour. Il entrevit, par l'entre-bâillement de la portière, une ombre de femme, et, cette vue le stimulant encore, il se laissa tomber sur la terre molle de la ruelle, et disparut à toutes jambes.

XVIII

LA DOT OU LA VIE

Montgiscard avait voulu que son bal fit époque dans les annales niçoises.

Les salons resplendissaient de lumières. On en avait mis partout ; dans le jardin, dans la grotte, derrière les gerbes jaillissantes et sous les cascades. L'illumination du Giesbach et de Schaffouse ne sont rien auprès de cela.

Pour augmenter l'effet comme repoussoir, le parc était plongé dans l'ombre, à l'exception de quelques lanternes chinoises indiquant le cours sinueux des allées. Une seule lampe étoilait de sa lueur discrète le pavillon favori de la belle Irène.

Cette délicieuse retraite s'élevait tout à l'extrémité de la villa, non loin de la petite porte donnant sur un chemin de campagne. Elle devait rester close ; on le croyait du moins.

Mais revenons à la partie brillante et bruyante. Tout Nice s'était donné rendez-vous chez Montgiscard, et, pour faire honneur à son féérique décor, chacun avait imaginé quelque travestissement original. Nous avons oublié de le dire, c'était un bal masqué.

Vers les onze heures, au moment le plus animé, deux dominos roses, à la taille fine et gracieuse, se reposaient dans un boudoir écarté.

— Ouf ! dit miss Eva, retirant son loup de velours, j'avais besoin de reprendre haleine. Est-ce que vous ne vous démasquez pas, Irène ?

— Non, répondit celle-ci, car je désire un peu de tranquillité, d'isolement... Je suis toute triste ce soir...

Sa jeune compagne lui dit à l'oreille :

— Dame !... son deuil ne lui permet pas de venir au bal... et c'est demain qu'il part !

Irène eut un sourire d'aveu. Mais comme Champrigaux se montrait sur le seuil :

— Voilà, reprit-elle, ce que c'est que montrer un joli visage !... Votre danseur de prédilection vous relance jusqu'ici !

Effectivement, Jacques s'avançait, rappelant à miss Eva la promesse d'une polka-mazurka.

— Mazurkons et polkons ! répondit gentiment l'Américaine. Au revoir, Irène !

Un instant plus tard, comme son danseur lui faisait traverser le grand salon :

— Pas ici, se récria-t-elle, il y a trop de lumière... c'est éblouissant !

— Sur la pelouse, alors ? proposa Jacques, ou plutôt sur la coudrette, comme disent les vieilles chansons. Nous aurons tout à la fois celle de l'orchestre et celle des eaux !

Et tous les deux, en souriant, ils s'élancèrent dans l'élégante sauterie qui tourbillonnait à l'entour des corbeilles de fleurs.

Pendant ce temps, Irène demeurait immobile et pensive.

La demie de onze heures, sonnant à la pendule du boudoir, réveilla comme en sursaut la fille de l'amphitryon. N'était-ce pas son devoir de présider à la fête ?... Elle se disposa vivement à rentrer dans les salons.

L'honnête Fritz se rencontra sur son passage.

— Mademoiselle, dit-il, la femme de chambre de Mademoiselle m'a prié de remettre à Mademoiselle ce billet qui me semble urgent. Gretchen était fort émue.

La camériste avait nom Gretchen. Une Saxonne. Montgiscard était possédé de la manie des domestiques d'Outre-Rhin. Il va sans dire que Gretchen et Fritz n'attendaient qu'une dernière occasion pour repasser ce fleuve et devenir, sur son autre rive, la souche d'une honnête famille allemande.

Cependant Irène avait pris la lettre. Elle l'ouvrit. La signature de Georges frappa son regard.

— C'est bien !... balbutia-t-elle, je vous remercie... laissez-moi !

Fritz sortit à reculons et ne tarda pas à rencontrer

dom Lopez. Sur un signe du Bavarois, le Brésilien disparut.

Irène lisait déjà le billet. Il était ainsi conçu :

« Je ne puis pas, je ne veux pas partir sans vous revoir. Profitez du trouble de la fête pour me rejoindre, ne fût-ce qu'une minute, dans le pavillon du parc. Je vous y attendrai... Je vous aime. »

Étonnée, blessée de cette prière, Irène ne pouvait en croire ses yeux.

Miss Eva, qui venait de congédier son danseur, reparut à l'entrée du boudoir.

— Comment ! s'écria-t-elle, encore ici ? Je revenais sans trop d'espoir... Mais qu'avez-vous donc, chère belle ? Vous voilà tout agitée, tout assombrie...

Comme réponse, Irène lui présenta la lettre.

— Oh ! fit la jeune Américaine dès qu'elle en eut pris connaissance, oh ! c'est mal, et je n'aurais pas supposé cela de sa part... surtout après nos adieux d'hier soir ! Vous n'irez pas, Irène ! Un instinct m'avertit que vous n'y devez pas aller !

— Mais s'il s'impatiente ? s'il se montre !

— Oui... oui, je comprends... Dans votre vieille France, il faut si peu de chose pour compromettre une jeune fille... Attendez ! mais attendez donc que je réfléchisse...

Puis après un temps :

— C'est cela ! j'ai trouvé le moyen... de l'avertir, et que cet avertissement lui soit une leçon... Elle lui sera moins dure venant de sa protectrice...

— Quel est donc votre projet, miss Eva ?

— Je vous remplace, et cours de ce pas au rendez-vous... Non ! j'irai gravement... et ce masque sur le visage, ce capuchon rabattu jusqu'aux sourcils, ce domino fermé jusque sous le menton... un domino rose comme le vôtre... Il me prendra tout d'abord pour la bien-aimée : ce sera son châtiment !

— Soit ! consentit Irène ; mais prenez garde...

— A quoi donc ! grands dieux ! Sommes-nous dans la forêt de Bondy ?

En un clin d'œil, les deux jeunes filles eurent reconstitué leur toilette de carnaval.

A peu près pareils se trouvaient être les deux dominos. Georges avait vu la veille celui d'Irène. Eva, plus petite et de formes adolescentes, s'étoffait, se grandissait afin de rendre l'erreur vraisemblable. Ce fut ainsi qu'elle traversa les salons, les jardins ; ce fut ainsi que, s'étant assurée que personne ne la suivait des yeux, elle s'engagea bravement sous les allées du parc, qui relativement semblait le domaine de la nuit.

On le sait, l'ombre n'était interrompue que par quelques rares et pâles lanternes. Un peu plus loin, le vent ou quelque autre cause les avait éteintes. Obscurité complète, profondes ténèbres. Une seule lueur en vue, la lampe du pavillon. Eva, quelque Américaine qu'elle fût, ne pouvait se défendre d'un certain frémissement. Le sinistre cri d'une chouette se fit entendre derrière elle... En avant, le même appel se répéta. On eût dit un signal.

Elle avait pressé le pas ; elle allait atteindre le but. La lampe tout à coup s'éteignit.

— Georges ! murmura-t-elle en croyant crier, Georges !...

Elle n'acheva pas ; elle fut bâillonnée, enveloppée tout à coup par une souple et longue écharpe, qui venait de passer devant ses yeux comme un rouge éclair.

Deux bras robustes la saisirent, l'emportèrent.

— Irène, dit Bayadas, ne craignez rien, il ne vous sera fait aucun mal...

En reconnaissant cette voix, la pupille de John Howel recouvra soudainement sa présence d'esprit, son calme américain.

— Tiens !... tiens !... se dit-elle, c'est plus drôle que je ne le pensais... Voyons-le venir !

Et, sans plus bouger qu'une momie dans ses bandelettes, elle ne souffla mot.

On venait de la déposer sur les coussins d'une voiture qui partit à l'instant, comme emportée par des chevaux furieux.

Ils s'arrêtèrent. Une grille s'ouvrit. Les roues tournèrent plusieurs fois encore sur elles-mêmes. Les mêmes bras ressaisirent la captive, qu'ils transportèrent dans la maison. Après quelques minutes de silence, elle sentit qu'on lui retirait ses liens, son bandeau. Ce devait être la main d'une femme.

Effectivement, à travers les trous de son masque, qu'elle avait su conserver, miss Eva ne tarda pas à percevoir le visage souriant à blanches dents d'une négresse.

C'eût été, pour nos Européennes, un nouveau sujet d'alarmes. Il n'en pouvait être ainsi d'une créole.

— Mademoiselle peut se remettre et se reposer, lui dit-on... Le maître ne se présentera que si Mademoiselle le veut bien. Je suis à ses ordres, en attendant... Désire-t-elle quelque chose ?

La prisonnière, qui s'était promis de ne pas faire entendre sa voix, du moins jusqu'à nouvel ordre, répondit par un signe négatif.

Au bout d'un instant, la négresse demanda si le maître pouvait venir.

La réponse fut un signe de tête affirmatif.

Eva, restée seule, rabattit davantage encore son capuchon, tout en promenant à l'entour un regard curieux.

Elle était assise sur un moelleux canapé, dans un petit salon des plus coquets. Le Brésilien entra.

— Irène, pardonnez à mon amour cet enlèvement, suprême ressource à laquelle m'a réduit votre dédain. Je voulais, je veux que vous soyez à moi Il dépend de vous que cette aventure reste secrète pour tout le monde.... hormis votre père...

Et, comme elle l'interrogeait du geste, il s'expliqua.

— Écrivez-lui ces quelques mots : « Vous me refusiez au marquis de Bayadas ; je l'aime et l'ai volontairement suivi pour attester ma détermination d'être sa femme Consentez-y, mon père... par une simple promesse au bas de ce billet... et nous revenons immédiatement tous les deux. »

Dom Lopez s'était arrêté. Ne recevant aucune réponse, il poursuivit :

— Voilà tout. Un émissaire à moi, dont je réponds, peut aller et revenir en une demi-heure Dix minutes plus tard, nous rentrons par la petite porte du parc... A peine a-t-on remarqué votre absence. J'annonce notre prochain mariage... et comme il n'a rien d'invraisemblable, c'est à qui nous félicitera l'un et l'autre... Mais pourquoi ce silence obstiné ? Ne me pardonnez-vous donc pas, marquise ?

Et, galamment, il s'approchait du domino rose.

Celui-ci, rejetant en arrière son capuchon, se démasqua tout à coup.

Un cri de stupéfaction s'échappa des lèvres du Brésilien :

— Miss Eva !

— Bonsoir, marquis ! répliqua-t-elle avec toute sa malice pétillant dans ses yeux. Mais quel accueil ! On dirait que vous n'êtes pas content de me voir !

Dom Lopez eut un rugissement de colère ; mais la fillette, qui le bravait, ne s'en émut nullement.

Elle poursuivit :

— Ce n'est pas à moi que l'on fait peur... Vous savez, je suis aussi de l'Amérique... et quand ce ne serait qu'en expiation de m'avoir détournée d'un bal aussi... ruisselant... j'ai bien le droit de rire un peu, que diable !

Allons, faites-moi reconduire à la porte du parc et, comme vous me l'offriez tout à l'heure, l'aventure restera secrète. Mais que je ne vous y reprenne plus... ou gare à miss Eva !

Le Brésilien, moitié penaud, moitié furieux, allait

peut-être se rendre à ce dernier argument, lorsque le
tumulte d'une irruption soudaine éclata dans la maison.

Quels étaient les assaillants ?

Avant de répondre, il faut revenir sur nos pas.

XIX

OU SIR JOHN HOWEL SE DESSINE

Le premier espoir d'Isidore avait été de prévenir
le rapt. Maintenant qu'il le savait effectué, ce n'était
plus à la villa Montgiscard, c'était vers l'atelier de
Georges que la prudence lui conseillait de diriger ses
pas Il y courut.

Marthe, depuis la veille, était installée chez miss
Eva. Georges se trouvait seul, et, devant partir le
lendemain, il s'attardait aux derniers préparatifs ; il
écrivait à celle qu'il n'espérait plus revoir de longtemps, non pas un billet pour obtenir un rendez-vous,
mais une longue lettre toute pleine de chaste et respectueuse adoration.

Au milieu du silence de la nuit, le fracas d'un mar-
teau violemment agité retentit tout à coup. C'était à
la porte de la maison qu'on frappait. On sonna bientôt à celle de l'atelier.

Le lecteur se figurera sans peine l'étonnement de
Georges à l'aspect d'Isidore, haletant, échevelé, dé-
sordonné, horripilé par les émotions et les péripéties
de sa fuite.

— Viens !... balbutia-t-il d'une voix éperdue, je
suis un scélérat... mais plus à craindre... C'est l'autre... le Brésilien !... Je t'expliquerai tout en courant... suis-moi... il y va de votre honneur et de votre
bonheur à tous deux !

— Mais de qui me parles-tu ?... Qui donc est en péril ?

— Elle !... parbleu !... Celle que tu aimes et qui t'aime !... On vient de l'enlever en abusant de ton nom... Quand je te dis que nous n'avons pas une minute à perdre... Viens !... Ah !... n'as-tu pas ici quelque poignard... des pistolets ou un revolver ?.. il se peut que nous ayons à livrer bataille, ou du moins à nous défendre...

Et, s'armant d'un pinceau lui-même, il jeta cette rapide indication sur une toile blanche :

« Si Georges et moi nous n'étions pas de retour demain matin, c'est chez le marquis de Bayadas qu'on nous retrouvera, morts ou vifs. »

« Isidore »

— Ainsi, conclut-il, nous aurons garde à carreau.

Un instant plus tard, par les rues désertes, nos deux amis se lançaient au pas de course. Vaudin seul parlait, accomplissant sa promesse. Quand ils arrivèrent, Georges savait tout.

— On n'ouvrira pas ! dit-il ; comment pénétrer...

— Dans le repaire ?... acheva son compagnon, ceci me regarde. J'ai mon idée.

Il était auprès de la grille, il avait en main déjà la chaîne de la cloche, il la mit en branle ainsi qu'un tocsin d'alarme.

On entendit aussitôt, mais à distance encore, les aboiements d'un chien qui accourait au bruit.

— Bon !... fit Isidore, voilà Cerbère dépisté... Alerte à ma suite... en sourdine...

Il filait vers la ruelle. Au milieu, s'adossant contre le mur et les deux mains réunies en forme d'étrier :

— La courte échelle ! murmura-t-il. Grimpe !...sur la crête, tu me tendras la main... As pas peur... On est vif et léger... Vois plutôt...

Déjà nos deux amis se trouvaient à cheval sur le mur ; ils sautèrent ensemble dans le jardin.

Isidore rebondit jusqu'à l'endroit où pendaient encore les draps qui lui avaient servi pour descendre

— J'y comptais bien !... Montons, dit-il, et lestement... Voici Cerbère !

Lorsque survint le molosse, ils étaient sur le balcon.

Deux fenêtres-portes y donnaient, fermées en ce moment toutes les deux.

— Chez un voleur, dit Isidore, l'effraction est permise. En avant !

L'un des draps se massait dans sa main ; toute une vitre éclata sous le choc de ce tampon. Puis, l'espagnolette ayant été tournée en dedans, ils entrèrent.

Obscurité complète ; mais en sa qualité de fumeur, Vaudin ne marchait pas sans *chimiques*. Une allumette brille. Elle éclaire un salon, une porte. Georges l'ouvre, et se précipite au delà

C'est une antichambre, où la lanterne qui pend au plafond semble entretenir le feu sacré. En guise de vestales, les deux nègres. Vainement ils tentent de barrer le passage aux deux assaillants. Celui-ci les rejette de côté, celui-là les tient en respect avec le revolver dont il est armé.

Georges cherchait une issue. Elle s'ouvre d'elle-même et, sur le seuil, apparaît dom Lopez, qui, terrifié, recule à l'aspect de son heureux rival.

Ces deux apostrophes se croisent ainsi que deux épées :

— Misérable !... s'est écrié l'artiste, oh !... tu me rendras compte de cette infamie !...

Et l'autre qui, déjà remis de sa surprise, a retrouvé sa colère :

— Vous, de cette insulte !.. et je vous tuerai !

Miss Eva s'élance entre eux :

— Messieurs ! vous ne voyez donc pas qu'il y a ici une femme !... Je prends ce titre, bien que n'y ayant pas droit encore, afin de rappeler la déférence que vous me devez tous les deux.

Puis, s'adressant tour à tour aux deux arrivants, qui semblaient ne pas en croire leurs yeux :

— Eh !... oui, ce n'est pas elle.. c'est moi... une fillette... une enfant... ce qui réduit *l'attentat* aux modestes proportions d'une plaisanterie sans conséquence, dont nous garderons tous quatre le secret... Je le souhaite ainsi... J'en ai déjà la promesse de dom Lopez. Allons ! marquis, donnez l'ordre qu'on me reconduise. Ces messieurs m'accompagneront... J'arrangerai l'affaire avec eux.. Mais il n'y a plus de temps à perdre... En route donc ! s'il vous plaît, en route !

Jamais encore miss Eva ne s'était révélée sous un aspect plus charmant, plus triomphant.

Un regard suffit aux deux adversaires pour convenir entre eux que leur querelle n'était qu'ajournée, et seulement pour quelques heures.

Bayadas appela les nègres et leur donna cet ordre :

— Ramenez Mademoiselle où nous l'avons prise... Faites vite !

— Votre bras, monsieur Georges, dit Eva, s'emparant de son protégé.

Nonobstant, tandis qu'elle prenait place dans le landau, il trouva le temps de se retourner vers Isidore et de lui dire à voix basse :

— Reste ! arrange tout ! je veux me battre !

Et, montant à son tour, il referma la portière.

— Comment ! fit Eva, mais vous ne venez donc pas, vicomte ?

— Au bal !... répliqua-t-il ; mais je suis plus que débraillé .. J'ai perdu les deux pans de mon habit dans la bataille !

Et l'attelage partit au galop.

Déjà la jeune Américaine avait pris son parti du tête-à-tête.

— Au fait... dit-elle. c'est pour le mieux. Si renseigné que je vous suppose il me reste probablement beaucoup de détails à vous apprendre.

Ce récit est déjà connu du lecteur.

La voiture s'arrêtant devant la petite porte du parc, Georges voulut prendre congé de sa protectrice.

— Non, dit-elle, entrez dans ce pavillon. Attendez-nous. J'avais voulu que vous fissiez amende honorable pour avoir écrit ce fatal billet... Je veux qu'elle vous demande pardon de vous en avoir soupçonné coupable...

Le jeune homme, au moment de braver la mort, ne se sentit pas le courage de refuser cette entrevue... peut-être la dernière.

D'autre part, auprès du Brésilien, n'avait-il pas un mandataire de son honneur? La rencontre ne pouvait avoir lieu que le lendemain matin. Isidore avait tout le temps de le rejoindre.

Eva regagna promptement la villa toujours en fête : son absence n'avait guère duré qu'une heure.

Sous le péristyle, John Howel, un peu pâle, bien qu'aussi flegmatique qu'à son ordinaire, causait avec un domino rose qui paraissait fort animé, des plus inquiets.

Inutile d'ajouter que c'était Irène.

Elle accourut à la rencontre de sa jeune amie, qu'elle venait enfin d'apercevoir.

— N'ayez plus d'alarmes, lui dit Eva, du moins quant à votre chère renommée. Elle était en péril... Jugez en par mon rapport... Ah ! vous pouvez et vous devez écouter, sir John.

Il se rapprocha, non sans avoir acquiescé par un muet salut.

En quelques traits rapides et pittoresques, elle esquissa les diverses scènes où son rôle venait d'être celui que l'on sait.

Lorsque John Howel eut connaissance de l'odieuse perfidie de Bayadas, sa loyale et droite nature se révolta.

— Aôh fit-il avec une indignation concentrée, mais profonde.

— Pauvres Georges ! murmurait Irène ; et moi qui
l'accusais !.. Oui, vous avez raison, je dois aller lui
serrer la main !

— Cela ne suffit pas, dit Eva, je crains un duel ;
il faut l'empêcher.

— Je l'empêcherai !... déclara gravement son
tuteur. Comptez sur moi...

Et, dédaigneux de s'expliquer davantage, il rouvrit
le compas de ses longues jambes pour marcher sans
retard à l'ennemi.

Il ne courait pas. Rien d'un homme pressé... Non.
Mais il allait droit devant lui, comme un boulet,
Malheur à qui se rencontrait sur son chemin.

Jacques fut un de ceux-là. Au lieu de l'écarter
ainsi que les autres, Howel, passant un bras sous le
sien, lui avait dit à voix basse :

— Venez aussi, monsieur Champrigaux. Il me faut
un témoin... Vous connaissez mon secret... Ce que
vous allez entendre et voir vous mettra facilement
au courant du reste...

Et comme le fiancé de Marthe ne se prêtait pas
assez vite à l'impulsion de l'Américain :

— Un grand péril menace Georges.... Il s'agit de
le sauver !

Jacques n'hésita plus.

Le cocher de sir John stationnait à quelques pas
de là.

— Ventre à terre ! lui commanda son maître, et
chez le marquis de Bayadas.

Si vite fila le trotteur, qu'il atteignit le but presque à la suite du landau.

Avant que la grille se refermât, Jacques et son
compagnon pénétrèrent dans la cour.

Un des nègres dételait, l'autre parut reconnaître
John Howel, car ce fut avec le ton du regret qu'il
lui dit :

— Je crains qu'il me soit impossible d'introduire
Votre Honneur...

— Même avec cette carte de visite ? interrompit l'Américain en dépliant sous la lanterne de la voiture un billet de cinq cents francs.

— Pristi ! murmura Champrigaux, comme nous y a\lons !

L e regard et le geste du nègre avaient clairement signifié :

— Serait-ce pour moi ?

— *Yes !* répondit Howel en lui abandonnant la banknote.

A cette vue, le camarade survint et, roulant de gros yeux pleins de convoitise :

— Jupiter, dit-il en montrant l'autre, ne se souvient plus que M. le marquis doit être avec M. le vicomte de...

— Raison de plus pour entre ¬ ! dit sir John ; nous serions très curieux d'entendre ce qu'ils peuvent se dire... et puisque vous êtes deux, je double la somme.

— Mais... les coups de bâton ?...

— Mille francs de plus pour les coups de bâton !...

Ce dernier argument décida Jupiter, le valet de chambre.

L'explication n'avait pas commencé de suite après le départ de miss Eva. Tels étaient alors les éclats de la fureur trop longtemps contenue, de dom Lopez, que ce ne fut qu'au bout d'une demi-heure, et pendant une accalmie, que le prudent Isidore osa l'aborder enfin.

Il disait en ce moment :

— Soit ! j'accepte, au nom de mon ami Georges Dumesnil, le rendez-vous pour ce matin, dix heures, à l'île Saint-Honorat. Quant aux armes...

— Le riffle se chargeant par la culasse, acheva Bayadas, et les cartouches à volonté... puisqu'il s'agit d'un duel à l'américaine... Celui qui sera frappé passera pour être victime d'un accident de chasse ..

A peine Isidore s'était-il éloigné, que, sur le seuil

de l'autre porte, John Howel apparaissait, impassible et fatal comme la statue du commandeur..

— Nous ne changerons, dit-il, que l'heure de la rencontre . Huit au lieu de dix... et je serai votre adversaire..

— Mais, fit le Brésilien, déjà revenu de sa première surprise, mais de quel droit ? .

— Oubliez-vous que je suis le tuteur de miss Eva Wilson... et qu'elle était ici tout à l'heure... chez vous, misérable !... à la suite d'un odieux et lâche guet-apens !

— John Howel ! s'emporta le marquis.

— Aôh ! fit l'Américain, vous ne refusez plus !...

— Si fait ! car je n'ai contre vous nulle haine...

— Sir John le souffleta de son gant. Puis, toujours aussi calme :

— Et maintenant ? demanda-t-il.

Dom Lopez eut ce rugissement de bête fauve :

— Oh ! je vous tuerai tous les deux !

XX

UN DUEL A L'AMÉRICAINE ET CE QUI S'EN SUIT

John Howel, aussi imperturbable que si rien d'extraordinaire ne se fût passé, reparut dans le bal.

Sa pupille l'interrogea des yeux.

— Dansez ! répondit sir John, il ne se battra pas. Elle obéit ; mais, parfois elle le regardait, vaguement inquiète. On rentra vers les quatre heures du matin.

Avant de se séparer de son tuteur, elle lui demanda :

— Vous ne voulez rien me dire, mon ami ?

— A quoi bon ! fit-il en souriant, vous pouvez dormir tranquille...

Et, comme elle ne paraissait pas satisfaite :

— Mais vous n'avez donc pas confiance en moi ?

— Oh ! si ! répondit-elle, et toujours... Mais embrassez donc votre pupille, comme autrefois l'embrassait son père !

Elle lui présentait le front. Il y appuya ses lèvres, puis, il la congédia d'un sourire et passa lentement chez lui, dans la pièce qu'il avait préférée comme cabinet de travail.

Là, devant son bureau, il s'assit dans un de ces larges fauteuils, sur le dossier moelleux desquels la sieste est si douce, et commença par mettre en ordre divers papiers. Il écrivit ensuite une lettre, qu'il mit sous enveloppe et cacheta soigneusement.

Enfin, faisant jouer le ressort d'un tiroir secret, il en sortit un médaillon, une miniature, qu'il contempla d'un œil rêveur, qu'il baisa d'une lèvre pieusement attendrie.

A l'autre extrémité de la chambre se trouvait une seconde porte, masquée par d'épais rideaux. Ils venaient de s'écarter, dévoilant la physionomie attentive de miss Eva.

Le jeune tuteur, absorbé par son émotion, ne regardait, ne voyait que la chère image qui en avait été l'objet. Bientôt, succombant à la fatigue, il posa devant lui le médaillon toujours ouvert, et, la tête renversée, le corps à l'abandon, il s'endormit.

La pupille alors s'avança, marchant sur la pointe du pied, retenant son souffle.

Elle regarda d'abord le dormeur ; sous ses paupières closes on sentait une larme prête à tomber.

Puis, le portrait... c'était celui d'une petite fille de quatre à cinq ans, c'était celui d'Éva.

— Pauvre cher Howel ! murmura-t-elle, il m'aimait déjà dans ce temps-là ! Il m'a donc aimée toujours ! Et, pour prix de ce dévouement, je l'expose au danger... peut être à la mort ! Non !

Elle allait le réveiller. Elle s'arrêta, réfléchit... Ce

fut avec un énergique retour de volonté qu'elle
acheva :

— Il le faut, cependant, j'ai promis, j'ai juré...
Nous accomplirons le dernier vœu de celui qui n'est
plus. Va, va, brave cœur ! seconde-moi jusqu'au bout !
Aucun de tes services, aucun de tes sentiments ne
reste ignoré de moi... Je te garde ta récompense !

Et, le visage encore tourné vers le dormeur, auquel sa main adressait des baisers d'enfant, elle disparut.

Mais elle ne voulait pas du sommeil, et le sommeil
d'ailleurs, la fuyait. A chaque instant, ses grands
yeux enfiévrés se rouvraient en sursaut. Elle se
redressait, écoutait. Vers l'aube, elle crut entendre
chez son tuteur une porte qu'on refermait. Courir
aux rideaux, les écarter, ce fut l'affaire d'un instant...
Plus personne !

Un bruit de pas traverse la cour. Eva regarde par
la fenêtre... C'est sir John !... Il a son costume de
chasse : la cartouchière aux reins, le riffle à l'épaule.
Où s'en va-t-il ainsi, par cette froide matinée d'hiver ?

Le médaillon n'est plus sur le bureau. A la même
place, une lettre !... Sur l'enveloppe, cette recom-
mandation :

Pour remettre à
Miss Eva
Mais après midi seulement, et si
je n'étais pas de retour.

La jeune fille tombe à genoux, et, les mains jointes,
les yeux levés vers le ciel, elle lui adresse cette fer-
vente prière :

— Mon Dieu !... veillez sur lui !... Protégez-les tous
les deux !

Cependant, John Howel s'éloignait d'un pas ferme
et résolu. Champrigaux, qu'il prit en passant, ne
tarda pas à lui dire :

— Je ne vous connaissais pas, sir John, cette figure épanouie et presque joyeuse.

— C'est, répliqua l'Américain, c'est que je vais remplir un devoir.

Les deux chasseurs — Jacques avait aussi revêtu le costume — trouvèrent facilement une barque pour les conduire à Saint-Honorat

Le tuteur d'Éva descendit le premier sur la grève, à la pointe occidentale de l'île. Le soleil surgissait à l'horizon

Un pâle soleil d'hiver, tout noyé de brume. C'était à se croire sous un climat moins favorisé. Il faisait même un froid assez vif.

— Est-ce que le Brésilien nous manquerait de parole ? dit Jacques en battant la semelle, après un quart d'heure d'attente.

— Non ! fit Howel, car il lui reste du moins une vertu, la bravoure. Et tenez ! n'est-ce pas un canot qui se dirige vers nous ?

Quelques minutes plus tard, le doute n'était plus possible La barque bientôt accosta. Elle amenait dom Lopez et son témoin.

— Messieurs, dit le marquis, veuillez excuser le retard... J'ai l'honneur de vous présenter le comte d'Arguzor, un de mes compatriotes... Il nous était essentiel, et je l'attendais.

On se salua. Bayadas avait retrouvé toute son audace. Il poursuivit :

—Permettez-moi de remplir les fonctions de grand-veneur.... Deux d'entre nous rabattront le gibier vers le centre de l'île ; les deux autres, afin que rien n'échappe, resteront au point de départ de leurs compagnons. En conséquence, notre barque va me transporter jusqu'à la pointe de l'Est, avec monsieur le comte. Un coup de feu tiré par lui sera le signal que je me mets en marche... Monsieur... Champrigaux, je crois, y répondra de même, et nous deux, sir Howel, nous irons l'un sur l'autre, avec toute latitude d'utiliser nos balles comme il nous plaira... Cet arrangement me semble devoir ne rencontrer aucune objection. Est-ce arrêté ?

Tandis que le marquis tenait ce langage à double entente, son regard indiquait les deux bateliers, dont il assurait ainsi le témoignage comme accident de chasse.

— Nous avons compris, répliqua sir John, et j'accepte.

En chasse, alors ! conclut dom Lopez, qui remonta, suivi de son second, dans le canot qui les avait amenés tous les deux.

Cette embarcation, s'éloignant à force de rames, disparut promptement derrière un des promontoires de l'îlot.

Jacques resta seul avec Howel, qui, exempt de toute marque d'impatience ou de faiblesse, inspectait méthodiquement son riffle. Il le chargea de même.

— Oâh ! fit-il tout à coup, il y a sur mon bureau, pour miss Eva Wilson, une lettre que vous lui signalerez... si je succombe. Je calcule même que son chagrin, dans cette hypothèse, et ses pleurs l'empêcheraient de lire... Lisez-lui cet adieu, monsieur Champrigaux... et tâchez que mademoiselle Marthe la console...

Il parlait ainsi sans que sa voix tremblât, sans que la forte et limpide douceur de son regard en fût altérée. Jamais on n'aurait cru que cet homme allait braver la mort. Jacques était certainement le plus ému des deux.

— Permettez que je vous serre la main ! s'écria-t-il avec admiration, vous êtes un héros...

— Non, répliqua-t-il simplement ; mais son père fut mon bienfaiteur... je lui paie ma dette... Et puis, c'est pour elle !... je l'ai connue tout enfant... je l'aime bien... Voilà !

Le signal se fit entendre.

— Répondez ! dit Howel, en se redressant, plus flegmatique que jamais.

Le témoin obéit. « Bonne chance, sir John ! » Ils s'embrassèrent, et le combattant disparut dans les halliers.

On sait les conditions de ce duel sauvage : il a pour champ libre une forêt où les deux adversaires, partis de points opposés, se cherchent et s'évitent, tantôt à l'affût derrière un arbre, tantôt rampant parmi les rochers. Toutes les ruses des Peaux-Rouges leur sont permises. Il faut s'abriter, se dissimuler avec art, et que l'autre se montre. On lutte à cache-cache ; on se tire parfois au juger. Il en est qui feignent la mort, d'autres qui la bravent, espérant qu'enfin l'ennemi se découvrira. La victoire ne reste pas toujours au plus courageux, mais au plus subtil, au plus traître. Un pareil combat dure longtemps.

Il y avait près d'une heure que John Howel avait disparu. Rien encore ! Pas une détonation ! pas un bruit ! L'anxiété de Jacques devenait inexprimable. « Ils s'appliquent, pensait-il, à lasser réciproquement leur patience ! » Et, la sienne à bout, il avançait, méprisant ce dernier avis de l'Américain : « Restez vers la pointe, ou gare les balles ! »

Bientôt, d'ailleurs, il ne serait plus le seul qui s'y trouverait exposé. Une seconde barque approchait. Isidore, qui tenait la barre, mit tout à coup le cap sur le milieu de l'île, et, les rameurs doublant de vitesse, elle atterrit promptement. Déjà Georges sautait sur la grève.

Champrigaux se rappela la haine du Brésilien pour le préféré d'Irène. Il accourut à sa rencontre, en lui criant :

— Pas ici ! regagnez le large !

Un coup de feu, comme pour justifier cet avertissement, retentit.

— On chasse ? dit Georges.

— On se bat ! répondit Jacques éperdu.

— Qui donc ?

Le bruit d'une seconde détonation passa dans l'air.

Puis un cri... le cri d'un homme frappé à mort.

— Ah ! si c'était lui ! murmura Champrigaux en frissonnant.

Ils se trouvaient assez rapprochés l'un de l'autre pour que Georges eût entendu.

— Mais qui donc ? demanda-t-il pour la seconde fois.

— Jacques, dans son trouble, dans son angoisse, laissa échapper le nom de John Howel.

— Quoi ! c'est lui qui se bat ?...

— Avec le Brésilien, acheva Champrigaux.

Ce fut, pour le premier provocateur, un trait de lumière.

— Il m'avait devancé ! s'écria-t-il ; oh ! mais je ne veux pas ! que penserait-elle de moi ! Je veux reprendre ma place... et s'il a péri, les venger tous les deux !

Déjà, suivi de Jacques, d'Isidore et d'un médecin qu'il avait amené, déjà Georges courait vers l'endroit d'où venait de partir le second coup de feu.

— Nous les y précèderons. Voilà ce qui s'était passé.

Howel, désespérant de ne pas même entrevoir son adversaire et, d'ailleurs, sous l'imminence de l'autre rendez-vous, Howel résolut d'en finir par un trait d'audace.

Une étroite et longue clairière s'ouvrait devant lui, presque une avenue. Quelques pas suffisaient pour la traverser : il s'y risqua.

Dom Lopez se trouvait en embuscade à l'autre extrémité. C'était de son riffle qu'était partie la première balle.

Elle atteignit sir John au côté droit.

Sous l'influence du choc et de la douleur, il chancela... il fléchit le genou.

Le Brésilien, trop présomptueux pour douter de son adresse, se montra.

Sa vue galvanise le blessé. Il ajuste... il tire... et le marquis de Bayadas, frappé à son tour, tombe en jetant un cri d'agonie.

Telle était la situation lorsque Georges et Champrigaux arrivèrent auprès de sir John, qu'ils soutinrent, évanoui, dans leurs bras.

Le docteur et son guide Isidore, ayant obliqué sous bois, rencontrèrent tout d'abord, vers l'extrémité de la clairière, le cadavre de dom Lopez.

Quant à son adversaire, déjà les mains tremblantes des deux amis écartaient ses vêtements.

Une large et sanglante blessure leur apparut. En même temps tombaient les débris d'un médaillon.

Sans cet obstacle, sur lequel a dévié la balle, déclara le docteur, il en était de celui-ci comme de l'autre. Mais non! une forte contusion... Quelques déchirures et beaucoup de sang perdu. Voilà tout!

Lorsqu'on remit à miss Eva le médaillon brisé, le médaillon-talisman, elle reconnut son portrait et, le regard vers le ciel, elle murmura :

— Grâce à vous, Dieu juste et miséricordieux! c'est mon souvenir qui lui a sauvé la vie!

XXI

LE SECRET DES ORPHELINS

Autour du convalescent, étendu sur une chaise-longue, se trouvent réunis miss Eva, Marthe, Georges et Champrigaux.

Le négociant reprenait le lendemain sa tournée; l'artiste, dont le départ avait été retardé, s'embarquait le soir même pour Civita-Vecchia.

— Puisque l'on me répète que je mérite une certaine reconnaissance, dit John Howel, permettez-moi de parler avec franchise. En dépit de nos précautions, la véritable cause de ce duel a transpiré... M. Montgiscard comprend que sa fille est trop belle, trop riche, et qu'il lui faut ce protecteur qui s'appelle un mari... Georges, vous seriez agréé comme tel, avec un patrimoine autre que votre seul talent...

« Voyons, Georges! voyons!... Si j'en crois quelques mots échappés à ma pupille des confidences de votre sœur... il vous resterait une chance, un espoir... l'existence d'un père dont vous ne parlez pas...

— Sir John ! interrompit l'artiste avec un cri douloureux.

Il était devenu très pâle.

Marthe lui prit la main.

— Ecoute ! écoute notre ami ! murmura-t-elle.

Howel, encouragé par cette intervention, poursuivit :

— Il a disparu... Quelques indices donnent à supposer qu'il habitait l'Amérique... Voulez-vous que nous l'y cherchions? C'est un pays où les hommes courageux relèvent promptement leur fortune...

Georges était redevenu maître de lui-même. Calme, mais triste, il répliqua :

— Je vois que Marthe n'a pas tout dit. Elle était au berceau lors du changement de notre destinée. Cinq années de plus m'ont permis d'en mieux sentir l'amertume... et puisqu'on le désire, moi, je dirai tout. Nous vivions dans l'opulence... Des voitures, des chevaux, un hôtel. Cette prospérité s'évanouit comme par enchantement. La ruine, ou du moins la médiocrité lui succéda du jour au lendemain. Ce n'était pas la faute de notre mère. J'en atteste la modestie de ses goûts et ses vertus... Une sainte !

Après un silence, imposé par son émotion, le fils continua :

— Je me rappelle notre père. C'était un homme aux grandes façons, au noble visage... mais au sang peut-être trop impétueux. Ses revers l'exaspéraient.

Il avait des regrets, des emportements, de sombres rêveries. Notre mère lui conseillait en vain la résignation, le travail... « Soit ! dit-il un jour, mais pas ici !... bien loin !... quelque part où l'on ne me verra pas !.. » Avec l'instinct de mon âge, je devinai que tout se préparait pour un départ, pour un exil... dont nous ne serions pas, ni les enfants, ni la femme. Oh ! cependant il nous aimait... Je le vois encore, le soir des adieux... Marthe était endormie, son baiser ne la réveilla pas...

« Quand il se redressa, j'aperçus, à la clarté de la lampe, une larme briller sur sa joue... Je sens encore son étreinte passionnée lorsqu'il m'embrassa... je lui criais : « Ne t'en va pas !... Emmène-nous !... » Il me répondit : « Plus tard ! Je reviendrai... » Jamais il n'est revenu !

La voix de Georges se brisa dans un sanglot. Marthe lui jeta les bras au cou :

— Frère !... n'achève pas !... ces souvenirs te font mal !...

— Puisque j'ai commencé, reprit-il avec une âpre énergie, j'irai jusqu'au bout. La famille appauvrie se trouvait, en outre, privée de son chef. On l'attendit... Quelques lettres arrivèrent dans le commencement... Elles devinrent de plus en plus rares... Elles cessèrent tout à fait... Tu commençais à comprendre, ma sœur... Rappelle-toi les inquiétudes et les souffrances de notre mère... Elle écrivait encore, elle courait après les renseignements. Un jour elle me mena dans une ambassade... On lui répondit au bout de six mois... Toute trace s'était perdue !... Adieu son dernier espoir ! Sa physionomie et sa santé s'altérèrent... Elle prit le deuil et ne le quitta plus. Et pourtant elle attendait toujours... Elle priait et nous faisait prier pour lui, vivant ou mort ! était-ce possible qu'il nous abandonnât ainsi ! Des années s'écoulèrent...

« Ah ! pauvre mère ! pauvre chère mère ! nous trahirions ta mémoire en recherchant celui qui te délaissa ! S'il n'est plus de ce monde, que Dieu lui pardonne ! S'il est vivant, puissant, riche, grand bien lui fasse ! Nous ne demandons pas même à le savoir ! Nous ne voulons rien de lui ! Il nous a reniés... Nous ne le connaisons plus... Nous ne connaisons que notre mère !

Tandis que le frère de Marthe se prononçait avec ce juste ressentiment, miss Eva, pâle, oppressée, l'écoutait avec un étrange intérêt.

— Ah !... s'écria t-elle tout à coup, vous êtes cruel !

Les deux orphelins la regardèrent, étonnés, l'interrogeant des yeux.

Après un silence :

— Et, reprit-elle, si c'était lui qui fût malheureux !... S'il avait besoin de ses enfants !...

Georges, avec plus de calme, mais non moins de résolution, répondit pour sa sœur et pour lui même :

— Nous abdiquons nos droits, mais non pas nos devoirs... En est-il un que nous ayons à remplir envers lui ? L'auriez-vous rencontré ?

Un geste négatif fut la réponse de miss Eva.

— Alors, conclut-il, sir John Howel ne parlait que par simple hypothèse d'un héritage à venir ; permettez-moi de vous répondre que, pour ma part, j'y renonce eu faveur des pauvres. Le lendemain du jour qui nous a fait orphelins, des lettres, des papiers qui peut-être nous eussent remis sur la piste, m'ont passé sous les yeux. J'ai tout brûlé... Les cendres sont au vent, et le souvenir aussi de celui que je ne veux plus nommer... Nous pardonnons ; elle avait pardonné... Mais en échange de son abandon, de ses chagrins, de son martyre, de sa mort... poursuivre une honteuse réclamation... obtenir ou recevoir de l'auteur de tant de maux une indemnité, de l'argent... Non ! fût-ce une fortune ! Jamais.

Il y avait tant d'indignation, tant de douleur, une si touchante piété filiale dans ce dernier cri que Marthe s'y associa, gagnée par l'enthousiasme de son frère. Elle était dans ses bras, et tous les deux formant un groupe accusateur, ils répétèrent avec le même accent du cœur :

— Jamais !

John Howel, avec découragement, secouait le tête. Miss Eva courbait la sienne.

Une sorte de malaise planait sur tous les assistants. Champrigaux crut devoir intervenir :

— Assez ! dit-il. Tu nous assombris tous et cela porte malheur un jour de départ !... De pareilles émotions sont défendues à Marthe, à ma femme !... Par ainsi, je te retire la parole... Allons rendre à M. Montgiscard notre visite d'adieu...

— Excusez-moi !.. balbutia Georges, il est de secrètes blessures qui ravive même la main d'un ami...

Jacques le poussait au-dehors. Quand il l'eut fait disparaître, il se retourna sur le seuil pour adresser à la pupille de John Howel un regard, un geste qui signifiaient :

— Vous voyez bien !

XXII

UNE SINGULIÈRE DEMOISELLE DE COMPAGNIE

Le millésime a changé. Nous sommes en 1870.

Plusieurs de nos personnages ne se rencontrent plus sur la place niçoise. Georges Dumesnil est à Rome ; les lettres qu'il en écrit attestent ses travaux, ses espérances. Champrigaux poursuit le cours de ses voyages commerciaux ; il considère la fin du deuil de sa fiancée comme une échéance, et lorsqu'on lui demande : « A quand le mariage ? » il répond : « Fin novembre. »

Isidore Vaudin s'en est retourné vers Paris. Une de ses tantes rappelait le neveu prodigue. Au Marais !

« Tant mieux ! a dit le cocodès repentant : c'est une pénitence ! »

L'intimité devint plus étroite entre les deux jeunes filles. On cause de l'absent, des absents. Irène n'oublie pas. Marthe est tout à fait installée auprès de la pupille de John Howel ; mais, par un singulier renversement des rôles, la demoiselle de compagnie, c'est miss Eva. C'est elle qui distrait, qui soigne et pare son amie, sa sœur aînée.

Ell est si faible encore, la pauvre Marthe ! Eva lui donne le bras et la soutient pendant les promenades à pied ; le docteur les a prescrites. Dès que Marthe commence une lecture à haute voix, Eva prend le volume ou le journal, et l'achève. Au moindre symptôme alarmant, pour une petite toux. il faut la voir courir après la tisane ou le calmant. Vers les derniers jours de janvier, quelques froids survinrent, et la prétendue phtisique eut une rechute. Elle dut garder le lit. Sa jeune amie, installée de suite à son chevet, la veilla jour et nuit. La meilleure garde-malade, une mère, n'eût pas montré plus de zèle. Et pendant la convalescence, quelle délicate et constante sollicitude ! quel empressement à prévenir ses souhaits, à l'encourager, à l'égayer par son communicatif sourire !

L'hiver avait passé. C'était déjà le printemps de Nice avec ses doux rayons, avec ses fleurs embaumées... Que de fois ne remarqua-t-on pas, dans la calèche découverte de la jeune Américaine, les touchantes attentions qu'elle prodiguait à sa chère compagne ! Elle l'abritait, elle la couvait pour ainsi dire sous ses ailes.

Certain jour, sur une route déserte, Marthe s'étant endormie au bercement de la voiture, Eva qui ne croyait pas être vue, l'avait doucement embrassée.

Il arriva qu'une duchesse dit à Marthe, en désignant miss Eva :

« Prévenez-moi si vous congédiez votre demoiselle de compagnie, je la retiens. »

Nous laissons à penser la reconnaissance de la sœur de Georges :

— Sois bénie ! lui disait-elle, car on se tutoyait maintenant, tu viens de me sauver à ton tour ! Ah ! ce qu'il fallait pour me guérir, ce n'était pas seulement le soleil, c'était une amie telle que toi ! c'était une sœur !

Après l'étreinte qui s'en suivit, il y avait des larmes dans les yeux de miss Eva.

— C'est de joie ! dit-elle à sa compagne étonnée. Quoi que j'aie fait pour vous, tu viens de me payer par un mot !

Et craignant d'en avoir trop dit, voulant distraire Marthe de la curiosité qui s'éveillait dans ses yeux :

— Mais c'est moi l'obligée ! reprit-elle. Se rendre utile à plus faible ou moins heureux que soi, protéger quelqu'un et l'aimer, se dévouer à l'accomplissement d'un devoir, voilà le bonheur ! Faut-il te rappeler l'exemple de Jacques ? Crois-tu donc que, même si ton amour n'eût pas été sa récompense, il regretterait son généreux sacrifice ! La satisfaction de sa conscience lui suffirait. Elle suffit à tous ceux qui ont dans le cœur la vraie religion, la vraie poésie... On reste poëte en dépit des chiffres !... Vois plutôt sir John, qui doit être ici depuis un instant déjà, car il pleure autant que nous... Supposes-tu qu'il ne soit pas heureux de m'avoir consacré sa vie tout entière ?

En effet, Howel était entré sans qu'on l'entendît ; il avait tout entendu.

— Permettez ! fit-il en cherchant à reprendre sa gravité habituelle, permettez, miss... il est juste de faire entrer d'abord en ligne de compte les bienfaits de sir Wilson, votre honoré père.

— Allons donc ! l'interrompit miss Eva, croyez-vous que je ne sache pas la vérité ? Je veux que Marthe la connaisse aussi. Ecoute, Marthe !

Puis, après avoir recueilli un instant ses souvenirs, elle commença en ces termes :

— Mon père, malgré des fautes que je ne dois pas juger... mon père était le meilleur et le plus généreux des hommes ! Un vrai gentleman ! Mais dans le monde des affaires, un ouvrier de la dernière heure... un négociant par trop dédaigneux de cet esprit d'ordre et de méthode, dont se glorifie à juste titre sir John Howel. Il avait alors vingt ans. Il venait d'entrer dans la maison comme aide-teneur de livres... Son chef d'emploi étant mort, il déploya tant d'aptitude, que la place lui fut attribuée sans partage...

— Première marque de bonté ! fit le tuteur.

— Non, d'équité ! répliqua la pupille, car vous deviez travailler pour deux, j'en suis certaine. A quelque temps de là, par suite d'une de ces crises commerciales qui sont si fréquentes en Amérique, sir Wilson se crut ruiné ! On parlait même de bilan, de faillite... Howel, tout pâle de fatigue, se présente un soir devant son patron : « Monsieur, lui dit-il, je viens d'acquérir la conviction que vous n'êtes pas au-dessous de vos affaires... Grâce à quelques économies, grâce au plan que je demande à vous soumettre, on s'en tirera, même avec honneur... Il ne me faut plus qu'une nuit de travail pour en établir la preuve. » L'offre, naturellement, fut acceptée. Ce que le jeune comptable avait si bien conçu, il l'exécuta mieux encore... Et mon père, ayant recouvré son crédit, l'en récompensa par une association qui devait tourner à sa gloire.

— Je lui en suis reconnaissant ! murmura sir John.

— Et cela vous honore d'autant plus, poursuivit Eva, que, sans le nouveau pilote, notre barque eût sombré tôt ou tard. Je vous dois ma fortune, et le bonheur que j'en attends... Mais, n'anticipons pas... Marthe ne comprendrait plus. Vous voilà donc au gouvernail, c'est-à-dire dans la maison. J'avais alors trois ans, je venais de perdre ma mère... Sir Wilson, tout à son chagrin, m'oubliait un peu... Qui m'a

donné mes premiers jouets ? Ce ne fut pas lui ! Plus
tard, quand le club ou d'autres plaisirs le réclamaient,
son jeune associé prit l'habitude de lui dire : « Ne
vous dérangez pas, Monsieur, vous avez besoin de
distractions... j'amuserai la petite ! » Ces mots-là, je
les ai gardés dans l'oreille et dans le cœur ! Osez
soutenir que ce n'est pas vrai, John Howel !

Eva le regardait dans les yeux. Il les baissa, se
contentant de sourire.

Elle poursuivit :

— Plus tard encore, lorsque je fus en pension,
c'était lui qui venait me chercher chaque dimanche.
Te figures-tu Marthe, ce grand garçon, sollicité par
tant de choses plus récréatives... et qui les oubliait
pour promener durant tout le jour une enfant capri-
cieuse... et méchante !... Ah ! comme je le tourmentais
dans ce temps-là !... que d'ingratitude !... Pardon !
John... Je ne le ferai plus !... pardon !...

Elle l'avait contraint à s'asseoir. Elle lui prit le
front dans ses deux mains, elle y appuya ses lèvres.

Une grosse larme roula sur la joue d'Howel.

Eva continuait :

— J'arrive à des preuves plus sérieuses de son dévouement... Mon père allait mourir. « Tu seras son
tuteur ! » lui dit-il. Et lui de répondre : « Je serai son
père ! » Il a tenu parole... et même avant que l'âge
me permît de remplir la mission dont j'étais chargée,
il s'est fait un devoir de me conduire en France... Je
le savais là, près de moi. Il me conseille et me soutient. Hier, il risquait sa vie ; demain, si je l'exige, il
sacrifiera tout, même son honneur, au but que je
poursuis et que nous atteindrons ensemble...

Jamais encore la pupille n'avait manifesté tant d'é-
motion, tant d'enthousiasme. Elle s'oubliait.

Son tuteur crut devoir lui rappeler, mais surtout du
regard, que Marthe ne pouvait ni ne devait plus la
comprendre.

— C'est juste, dit-elle comme en se réveillant, et

vous avez raison, sir John, comme toujours !... Où
voulais-je en venir, d'ailleurs ?... Ah ! je me rappelle... à te prouver, Marthe, que j'ai aussi mon
Champrigaux .. Le tien brille par la franchise ; il a
su dire ce qu'il voulait... Le mien, discret et flegmatique, se gardera bien d'agir ainsi... Mais en Amérique, tout comme en France, ce qu'on ne dit pas aux
fillettes... elles le devinent.

— Miss Eva ! s'écria le tuteur épouvanté.

— Allons !... rassurez-vous ! conclut la pupille,
nous n'en sommes pas encore là !... C'est ajourné !
Ne voyez-vous pas que Marthe vous tend la main ?
Embrassez-la donc, si vous ne voulez pas qu'elle
vous embrasse !

. . . .

Le mois de mars s'écoula dans cette douce intimité. Il avait été convenu qu'on irait passer la se-
maine-sainte à Rome avec Irène et son père Celui-
ci, lorsque le jour du départ approcha, parut oublier
sa promesse.

Son penchant pour Georges s'était refroidi. D'autres candidats se présentaient, ayant pour eux noblesse et fortune. Miss Eva, qui devinait tout, dit un
jour à son tuteur :

— Il est temps de frapper le dernier coup... Sommes-nous en mesure ?

Et comme il répondait affirmativement :

— Obtenez-nous une audience.

Le surlendemain, notre jeune Américaine arrivait
à la villa Montgiscard, sous l'escorte de sir John
Howel.

On l'eût pris pour un notaire, non seulement de par
son air solennel, mais encore à cause du portefeuille
qu'il portait sous le bras.

Un grand portefeuille noir.

XXIII

CE QU'IL Y AVAIT DANS LE PORTEFEUILLE

Le nabab de Béziers reçut les visiteurs dans la pièce qu'il désignait tour à tour sous ces deux appellations : cabinet de travail ou bibliothèque.

Miss Eva venait de s'asseoir, aussi grave ce jour-là que son tuteur. Il prit place à côté d'elle, un bras sur le portefeuille qu'il venait de poser du coin du bureau.

On avait prévenu Cyprien Montgiscard qu'il s'agissait d'un entretien sérieux. Son visage était de circonstance, pour ne pas dire plus. Il avait l'aspect renfrogné d'un richard qui se tient sur la défensive.

Avec son franc parler, la jeune créole commença par en rire.

— Oh! oh! monsieur Montgiscard, quelle mine peu encourageante! Est-ce que vous me feriez l'injure de croire que je viens vous emprunter de l'argent? Nous vous en apportons au contraire... et la somme mérite des égards... Il y a dans ce portefeuille un million.

La physionomie du nabab ne se dérida qu'à moitié

— *Peccairé!* répondit-il, telle n'était pas ma pensée. Je supposais que vous alliez m'entretenir de certain personnage auquel je me suis aperçu que vous portiez un mystérieux intérêt.

Elle s'empressa d'accepter le combat sur ce terrain :

— Georges Dumesnil, ou plutôt M. le baron du Mesnil?... précisément ; et quand vous aurez daigné m'entendre, il n'y aura plus de mystère.

Notre impatient méridional avait, entre autres prétentions, celle de deviner tout ce qu'on lui voulait apprendre.

— *Té!* s'écrie-t-il, gageons que vous avez retrouvé

le père, ou du moins son héritage... Un héritage d'Amérique.

John Howel fit un geste négatif.

— Vous brûlez !... dit sa pupille, mais ce n'est pas tout à fait cela... L'histoire doit se reprendre de plus haut... Ecoutez-moi, s'il vous plaît !

Cyprien s'accommoda dans son fauteuil, et la fillette, après quelques secondes de recueillement, débuta ainsi :

— Vous savez que le père de Georges et de Marthe, dans l'espoir de reconquérir une fortune, avait traversé l'Atlantique. Ses premières tentatives restèrent infructueuses. Puis, ayant eu la chance de sauver les jours d'un honorable citoyen de la Nouvelle-Orléans, il trouva dans sa maison de l'emploi et les éléments d'une revanche. La fille du négociant — il n'avait qu'une fille — s'intéressa par reconnaissance à l'étranger. Un plus tendre sentiment devait bientôt se développer dans son cœur. Il s'en aperçut, il voulut fuir... Avec la franchise américaine, elle avoua tout à son père, qui non moins loyal, offrit au baron du Mesnil de devenir son gendre...

— Permettez donc ! se récria Montgiscard, il me semble qu'il était marié.

— Il ne l'avait pas dit, continua la pupille de John Howel ; il n'osa pas le dire encore ni refuser d'une manière positive. Son espoir était de gagner du temps. Mais il aimait, il était aimé. La jeune fille, se croyant dédaignée, en conçut un profond chagrin. Sa santé s'altéra. Le père insista pour le mariage, auquel il ne mettait qu'une seule condition. Ne voulant pas que son nom s'éteignît, il exigeait que son gendre le prît et quittât le sien. C'était une tentation de plus pour l'étranger. Après une dernière résistance, il se maria sous le nom de Wilson.

— Bagasse !... fit le nabab, un bigame !... Et qui reniait ses deux enfants...

— Ne l'accablez pas devant moi !... dit Eva, c'était mon père.

A cet aveu, Cyprien bondit dans son fauteuil !

— Pends-toi ! Montgiscard !... tu n'as pas deviné cette fois !... c'était évident !... Eva Wilson !... Mais alors, Marthe et Georges.

— Je suis leur sœur !... acheva-t-elle avec tristesse ; mais gardez-moi le secret ! Silence !... Ils ne doivent pas le savoir !... ils ne le sauront jamais !...

Howel crut devoir intervenir.

— J'ajouterai, dit-il, à la décharge de sir Wilson, qu'il continua d'envoyer de l'argent en France. Tout me porte à croire que les valeurs qui, grâce à l'héroïque mensonge de M. Champrigaux, permirent à madame Dumesnil d'élever ses enfants, provenaient de cette source. C'était une âme fière : elle refusa plus tard, ayant découvert la vérité, l'assistance de celui qui l'avait trahie. Je calcule que ce fut alors qu'elle quitta son titre et presque son nom. Lorsque mourut la seconde femme de mon bienfaiteur, j'affirme qu'il avait perdu les traces de la première. Il partit à sa recherche, quand la maladie l'arrêta. Sentant venir la mort, il m'envoya quérir sa fille.

— Oh ! reprit Eva tout émue, jamais je n'oublierai cette scène ! Quel changement ! quelle pâleur sur son visage ! Il voulait se confesser à moi... « Ce sera ma première expiation ! dit-il ; apprends quels ont été mes remords ! combien j'ai souffert ! » Et quand il eut achevé : « Dès que tu seras en âge, va en France ! retrouve-les ! Partage avec eux ! Que leur mère soit aussi la tienne... et tâche qu'elle me pardonne ! » Ah ! pauvre père ! Le ciel ne m'a pas permis d'exaucer ce dernier vœu. Mais, tu le sais, ce ne fut pas ma faute ! Je voulais immédiatement partir ! Le cœur n'a pas d'âge ! Mais Howel me dit avec raison : « Laissez-moi d'abord réaliser ici l'héritage et prendre là-bas quelques renseignements. Je vous promets qu'il n'y aura pas de temps perdu. » En effet, six mois

BIBLIOTHÈQUE R.F.

plus tard, mon tuteur me dit : « Partons... Je vous accompagne... » Si j'ai la joie d'accomplir ma tâche, ce sera grâce à son dévouement.

Elle avait terminé. La main dans la main de John Howel, elle attendit la réponse du père d'Irène.

— *Peccaire !* dit-il en s'essuyant le coin de l'œil, cette histoire m'a vivement intéressé... Mais, dans le dénouement, je ne vois pas trop quel serait mon rôle ?

— C'est pourtant bien simple, répondit Eva. J'ai pu me convaincre que ni Georges, ni Marthe, n'accepteraient rien de moi. Il faut donc les y contraindre, sans qu'ils me soupçonnent, et la Providence semble vous avoir choisi tout exprès pour être la solution vivante de ce double problème.

— Comment cela ?... Miss, expliquez-vous.

Elle le fit en ces termes :

— Ne répétez-vous pas que, dans le commerce des vins, on s'étonne que M. Jacques ne soit encore que votre employé ?... Je vous ai moi-même entendu regretter qu'il n'ait pas d'économies suffisantes pour acquérir l'honneur d'une association Montgiscard et Champrigaux...

— D'accord ! Eh bien ?

— Eh bien ! c'est le fiancé de Marthe... Encaissez la dot de Marthe... cinq cent mille francs... Mais que tout le monde l'ignore et suppose que c'est gratuitement qu'il sera votre associé, votre successeur...

— *Té !* fit Montgiscard, c'est ingénieux quant à la part de votre sœur. Mais celle du frère ?

— Oubliez-vous donc, conclut Eva, que vous êtes le père d'Irène ? On vous reproche au conseil municipal de Béziers, je crois, de ne pas encourager les arts. Quelle magnifique réponse à ces calomnies ! Vous prenez pour gendre un artiste qui deviendra célèbre... et plus encore, vous lui reconnaissez sur le contrat de mariage un apport de cinq cent mille francs. Le million est là, dans ce portefeuille, et pas

un de ceux qui sont les vôtres ne vous aura fait
autant d'honneur.

— *Troun de l'air!* s'écria le nabab, mais tout le
département de l'Hérault va crier : Vive Montgiscard !

— C'est donc une affaire conclue... Nous avons
votre parole?

Avec une grâce majestueuse, il demanda :

— Quel jour faudra-t-il que nous partions pour
Rome...

XXIV

ÉPILOGUE ET DÉNOUEMENT

Parmi ceux qui ont admiré le grand tableau de
Georges à l'Exposition de 1870, quelques-uns se rap-
pelleront le superbe bourgeois méridional qu'on
rencontrait parfois aux alentours et qui racontait à
tout venant :

— *Té!* c'est de mon futur gendre... Et, bien que le
livret ne le relate point, c'est un baron... le baron
du Mesnil !... En voilà une noce qui fera sensation à
Béziers !

En attendant, sur les chais et les bureaux, où figu-
rait jadis le seul nom du nabab, comme aussi sur les
prospectus et factures qui s'en épanchaient par tout
l'univers, on lisait maintenant cette nouvelle inscrip-
tion :

C. MONTGISCARD & J. CHAMPRIGAUX

La guérison de Marthe s'était accomplie. Elle avait
recouvré les fraîches couleurs et l'alerte gaieté de la
jeunesse. Elle se trouvait en France avec miss Eva,
sa demoiselle de compagnie, quand éclata la guerre
entre la France et l'Allemagne.

Ce grand événement, qui n'occasionnait à l'origine
qu'une vague inquiétude, semblait ne devoir exercer

aucune influence sur le double mariage : il aurait
lieu sitôt l'expiration des délais, quand la campagne
serait terminée. On l'espérait glorieuse.

Arrivèrent nos premiers revers. Georges venait
d'être mandé à Paris pour une commande du gou-
vernement ; Champrigaux dut s'y rendre, appelé par
la question d'intérêt.

Le désastre de Sedan les surprit sous l'uniforme
de la garde nationale ; ils s'enrôlèrent tous les deux
dans le même régiment de marche. « On est indigne
du bonheur quand on n'a pas fait son devoir ! »
avaient-ils écrit chacun à sa fiancée, par le dernier
courrier qui sortit de Paris.

Vers la fin de l'automne, Irène, Marthe et miss Eva
se retrouvèrent réunies à Nice.

Nous laissons à penser leurs angoisses. Montgiscard s'efforçait vainement de les rassurer. Lui seul
il ne se démontait pas. « Ils n'oseront pas venir à
Béziers ! » se disait-il.

Après l'armistice, les deux volontaires accoururent.

Georges portait le bras en écharpe.

— Et moi, rien !... dit Champrigaux. Une blessure
m'eût poétisé... mais pas de veine !... comme disait
ce pauvre Isidore que nous avons laissé là-bas, sur
le champ de bataille de Buzenval !... Son dernier mot
fut toute une oraison funèbre. En nous serrant la
main, il murmura : « Petit crevé... pour la patrie ! »

Montgiscard décida que le mariage se ferait à
Nice. « Béziers s'agite ! avait-il dit, nous serons ici
plus tranquilles ! »

Ce fut une touchante cérémonie. Un étranger
n'aurait pas voulu croire qu'on avait tremblé pour les
jours de Marthe ; jamais encore Irène n'avait été plus
belle.

Le charmant visage de miss Eva semblait ra-
dieux. Son regard aspirait au ciel et ses lèvres mur-
muraient :

— Es-tu content de moi, mon père ?...

Quand les invités furent sortis de la sacristie,
Jacques en referma la porte, et tourné vers Marthe,
à laquelle il venait de donner son nom :

— Madame Champrigaux, dit-il en lui désignant
Eva, embrassez votre sœur !

— Bravo ! s'écria Montgiscard.

Et comme la jeune créole lui adressait également
un geste de reproche :

— *Té !* c'est pas moi qui vous ai trahi, ma pitchotte !

Jacques, en quelques mots venus du cœur raconta
tout.

— J'en atteste l'ombre vénéré de votre mère !
acheva-t-il, elle pardonne en voyant le bonheur de
ses enfants... elle adopte la sœur inconnue qui, par
son dévouement, mérite l'oubli du passé !

Déjà Marthe était dans les bras d'Eva. Elle se retourna vers Georges, et lui tendit une main pour l'y
attirer à son tour.

Et, tous les trois, ils ne formèrent plus qu'un seul
groupe. On eût dit des enfants de la même mère.

Quand l'émotion se fut calmée :

— Nous retournons à la Nouvelle Orléans, dit Eva.
Adieu, Georges ! adieu, Marthe ! ou plutôt au revoir !
J'espère que vous viendrez à mon mariage... qui ne
tardera plus guère. J'aurai bientôt seize ans !...

— Mais avec qui ? demanda Montgiscard.

— Avec sir John Howel ! *peccairé !* N'avez-vous pas
deviné que le tuteur se changerait en mari ? Peut-
être s'en défendra-t-il... mais c'est un choix bien
arrêté... dans ma tête et dans mon cœur.

Et, toute souriante d'une irrésistible tendresse, elle
lui tendait la main.

Sir John, surpris à l'improviste, se trahit enfin par
des larmes et par un cri de joie :

— Ah ! vous êtes un ange ! une fée...

— Américaine ! conclut miss Eva.

Courbevoie. — Imp. E. BERNARD, 14, rue de la Station.